JN058569

Anaïs Nin's Paris Revisited
Le Paris d'Anaïs Nin revisité

Anaïs Nin's Paris Revisited

The English-French Bilingual Edition

Le Paris d'Anaïs Nin revisité

édition bilingue anglais-français

Yuko Yaguchi

wind rose-suiseisha/rose des vents-suiseisha

Tokyo

First published in 2021 by wind rose-suiseisha/rose des vents-suiseisha, Tokyo.
copyright © Yuko Yaguchi, 2021.
ISBN978-4-8010-0579-2

This publication was made possible by a subsidy from the Faculty of International Studies, Niigata University of International and Information Studies, and support from JSPS KAKENHI Grant Number 19K00432.

Acknowledgements I would like to express my heart-felt gratitude to Brendan Le Roux , Simon Dubois Boucheraud, Maxime Carteron, Sylvia Whitman and Adam Biles of Shakespeare & Company.

Remerciements Je voudrais exprimer ma profonde gratitude à Brendan Le Roux, Simon Dubois Boucheraud, Maxime Carteron, Sylvia Whitman et Adam Biles de Shakespeare & Company.

Contents / Sommaire

Preface

This is a revised, extended and bilingually translated edition of the Paris part of a Japanese book, Anaïs Nin's Paris and New York: Traveling, Loving, and Writing *by wind rose-suiseisha.*

Starting the summer of 2014, I had the privilege of spending half a year in Paris and the other half in New York—the two cities Anaïs Nin lived in and loved—translating her major work, the *Diary*, into Japanese. During the days I spent in two of the most magnetic cities representing Europe and the United States, I always carried a camera with me, not only to particular places dear to Anaïs but also to the library for work or a nearby park for refreshment. I realized at the end of my sabbatical that I took nearly two thousand photographs. I just took them as I pleased, if not as I breathed or blinked. I never dreamed of publishing a book out of them upon returning home. But it became a reality in 2019.

Some may consider it reckless to publish a literary book with amateur photographs. Some may wonder how the first book by a Nin scholar as a single author can be a photo book. However, there were alleys I came upon and culs-de-sac I wandered into with Anaïs as Ariadne's thread; it could be a unique and charming guidebook to Anaïs Nin the writer and the two

Préface

Ce texte est une edition révisée, augmentée et traduite en deux langues de la partie sur Paris du livre japonais Les Paris et New York d'Anaïs Nin : voyages, amours et écrits *aux rose des vents-suiseisha.*

A partir de l'été 2014, j'ai eu la chance de pouvoir passer la moitié d'une année à Paris et l'autre moitié à New York (les deux villes où Anaïs Nin a vécu et qu'elle a aimées), afin de traduire son œuvre principale, son *Journal*, en japonais. Pendant ce séjour passé dans deux des villes les plus magnétiques symbolisant l'Europe et les États-Unis, j'emportais toujours un appareil photo, non seulement lorsque je me rendais dans des endroits particuliers chers à Anaïs, mais aussi à la bibliothèque lors de mes séances de travail ou bien dans un parc pour faire une pause. J'ai réalisé à la fin de mon congé sabbatique que j'avais pris près de deux mille photographies. Je les ai seulement prises comme je le sentais, à défaut de comme je respirais ou clignais des yeux. Je n'avais jamais songé publier un livre à partir de celles-ci en rentrant chez moi. Mais c'est devenu une réalité en 2019.

Certains pourraient considérer téméraire le fait de publier un livre littéraire avec des photographies amateur. Certains pourraient se demander comment il est possible que le premier

cities closely related to her, I heard another whisper in my ear.

One of the books that inspired me the most in making my book is Christopher Rauschenberg's *Paris Changing: Revisiting Eugène Atget's Paris*. In it, Atget's photographs capturing Paris at the turn-of-the-century are presented side by side with Rauchenberg's of the same places from the same angles at the end of the 20th century, approximately a century later than those of the French documentarian's.

The book depicts not only the changing city, as the title suggests, but also the eternal city that Anaïs describes in the *Diary* (I pursued the same venture myself, photographing the relic of the fortress at Cité Internationale Universitaire de Paris).

Almost all the Anaïs-related places that I visited in Europe were intact around a century later (one exception was the Villa les Ruines in Arcachon, South France, where Anaïs' family spent a winter for her recuperation from a disease, and her father left the family for good). However, when I visited Paris in the summer of 2018 for my last research before my book's publication, I had mixed feelings. The seats in the metros and RERs (Réseau Express Régional) were replaced. Landscape paintings covered the walls of a station in Montmartre (in an

livre écrit en son nom propre par une spécialiste de Nin soit un livre de photo. Cependant, il y a eu des ruelles sur lesquelles je suis tombée et des culs-de-sac dans lesquels je me suis promenée avec Anaïs comme fil d'Ariane ; ce pourrait donc être un guide unique et charmant sur l'écrivaine Anaïs Nin et les deux villes étroitement liées à elles : voici ce que j'ai entendu une autre voix murmurer à mon oreille.

Un des livres qui m'ont le plus inspirée lors de la rédaction de mon ouvrage est *Paris en évolution : le Paris d'Eugène Atget sous un jour nouveau* de Christopher Rauschenberg. Dans ce livre, les photographies d'Atget qui présentent Paris au tournant des XIXe et XXe siècles, sont placées côte-à-côte avec des photographies de Rauschenberg prises à la fin du XXe siècle aux mêmes endroits et avec les mêmes angles, environ un siècle après celles du spécialiste français de la photographie documentaire. Le livre dépeint non seulement la ville en évolution, comme le titre le suggère, mais aussi la ville éternelle qu'Anaïs décrit dans son *Journal* (j'ai poursuivi cette même entreprise en photographiant les restes du mur d'enceinte à la Cité internationale universitaire de Paris).

Presque tous les endroits ayant un lien avec Anaïs que j'ai visités en Europe étaient intacts près d'un siècle plus tard (à l'exception de la

early preparation for the 2024 Olympics?). The primness and prettiness about it somewhat strangely made me sad. I was also shocked to find the large "American Express" sign removed from the building at 11 rue Scribe, while knowing it could not be helped.

Henry Miller wrote in a letter he sent from Paris: "To get lost here is an adventure extraordinary. The streets sing, the stones talk." After walking around for a year (as tirelessly as Miller?), I found my two little toes peeking out of my sneakers. Now I feel inclined to wander through cities in books and stray into "Cities of the Interior."

Villa Les Ruines à Arcachon, dans le sud-ouest de la France, où la famille d'Anaïs a passé un hiver pendant sa convalescence, et d'où son père a quitté la famille pour de bon). Cependant, lorsque j'ai visité Paris à l'été 2018 pour les dernières recherches avant la publication de mon livre, j'ai cependant éprouvé des sentiments mitigés. Les sièges dans le métro et les trains du RER (Réseau Express Régional) avaient été remplacés. Des peintures de paysages recouvraient les murs d'une station à Montmartre (pour une préparation précoce en vue des Jeux Olympiques de 2024 ?). L'aspect très convenable et élégant de tout cela m'a en quelque sorte rendue étrangement triste. J'ai aussi été choquée de découvrir que le grand panneau « American Express » avait été enlevé de l'immeuble du 11 rue Scribe, tout en sachant bien qu'on ne pouvait rien y faire.

Henry Miller a écrit dans une lettre qu'il a envoyée de Paris : « Se perdre ici est une aventure extraordinaire. Les rues chantent, les pierres parlent. » Après m'être promenée pendant une année (aussi infatigablement que Miller ?), mes deux petits orteils se sont retrouvés à me faire coucou hors de mes baskets. J'ai maintenant envie de me balader à travers des villes dans des livres et à vagabonder dans « Les Cités intérieures ».

01

Neuilly-sur-Seine

November 9, 1920

Mle. Linotte, then, was born in an apartment of a white stone house on the rue Henrion Berthier, Neuilly, on the twenty-first of February, 1903, at eight P. M.[...] Poor Father, according to Mother, was solely disappointed: he wanted a boy. He had no use for a crying, bad-tempered girl. A boy would not have cried. Fortunately, Mother was (according to Mother) supremely happy.[...] Poor Father thought that, by my hands, he could divine a pianist in the family; he did not divine they were meant to hold a pen most of the time. I was Christened Rosa Juana Anaïs Edelmira Antolina Angela Nin!

The Early Diary of Anaïs Nin., vol. 2, p. 82

"Linotte" was a childhood nickname for Anaïs Nin, a French word for "a little bird." If you say "tête de linotte," it means "a careless person." Anaïs Nin also published erotica entitled *Little Birds*.

Anaïs was born in the Paris suburb of Neuilly, as posh a residential area as the neighboring 16th arrondisement. Anaïs' father Joaquin, having taken up residence in such a place, must have been quite successful as a foreign musician. Anaïs, however, states right before the quoted paragraph:

The first year of Mother's married life was

Neuilly-sur-Seine

9 novembre 1920

Ensuite naquit Mademoiselle Linotte dans une maison de pierre blanche de la rue Henrion-Berthier à Neuilly, le 21 février 1903 à huit heures du soir. [...] Pauvre Papa ! À entendre Maman, il fut très déçu : il voulait un garçon. Il n'avait aucun besoin d'un bébé-fille pleurnichard et au mauvais caractère. Un garçon n'aurait pas pleuré. Heureusement, Maman (d'après Maman) était très heureuse. [...] Pauvre Papa a cru deviner, dans mes mains, une nouvelle pianiste dans la famille ; il n'avait pas prévu qu'elles étaient faites pour tenir un stylo. On m'a baptisée Rosa Juana Anaïs Edelmira Antolina Angela Nin !

Journaux de jeunesse 1914-1931, pp. 570-71

« Linotte », petit oiseau, était un surnom d'Anaïs Nin durant son enfance, en référence à l'expression « tête de linotte » signifiant quelqu'un d'étourdi. L'écrivaine a par ailleurs publié un recueil de textes érotiques intitulé *Les Petits Oiseaux*.

Anaïs Nin est née dans la ville de Neuilly-sur-Seine, une zone de beaux quartiers résidentiels tout comme le 16e arrondissement de Paris qui la jouxte. Si sa famille s'installe dans un tel endroit, c'est très certainement parce que le père d'Anaïs, Joaquín Nin, avait rencontré un certain succès en tant que musicien étranger.

spent in the rue du Four in the midst of the quartier Latin, the Parisian world of poets and madmen. Perhaps that is why I was born a poet. This atmosphere, this environment, shaped the most important fact in my destiny, for were I not a poet, the whole world would seem altogether the reverse of what it seems to me now.

She implies that her mother became pregnant with Anaïs "in the midst of the world of poets and madmen," and that is why she "was born a poet." It is amazing that the seventeen-year-old Anaïs already developed such a strong writerly mind in herself.

From the sordid, bohemian world of artists to the luxurious suburban district—for the father, it must have meant, or at least was hoped to be, a one-way trip upward, while the daughter never ceased to fluctuate between the two worlds.

Address: 7 rue du Général Henrion Berthier,

Neuilly-sur-Seine

Station: Métro 1, Pont de Neuilly

Toutefois, juste avant la citation précédente, Anaïs écrit ceci :

La première année de leur mariage, ils vécurent rue du Four, dans le quartier Latin, quartier privilégié des poètes et des fous. C'est peut-être pourquoi je suis née poète. Cette atmosphère, cet environnement ont façonné l'aspect le plus marquant de ma destinée, car, si je n'étais pas poète, mon image du monde serait à l'opposé de ce qu'elle est.

Elle veut dire que c'est parce que sa mère est tombée enceinte d'elle « en plein dans ce monde [parisien] de poètes et de fous », qu'elle est « née poétesse ». Il est remarquable qu'Anaïs, à dix-sept ans, ait déjà développé une telle conscience littéraire.

Du monde sordide de la bohème, des artistes, à un luxueux quartier résidentiel de banlieue : voilà qui pour son père a dû signifier, ou tout du moins l'espérait-il, un aller-simple vers le haut de la société, tandis que sa fille semble avoir sa vie durant navigué entre ces deux mondes.

Adresse : 7, rue du général Henrion-Berthier,

Neuilly-sur-Seine

Accès : métro ligne 1, Pont de Neuilly

02

Uccle, Belgium

November 9, 1920

Brussels. After Joaquin's birth I remember nothing else until the time we found ourselves living at the rue Beau Séjour, Uccles [sic], Brussels in a dear little house. Our home was four flight high, and each detail of its construction I can remember distinctly and with much regret. Here Father's personality becomes more distinct. He lived chiefly in his study or by his piano. His study had books to the very ceiling and a big imposing-looking desk near the window. I stole into the study when he went out and read books I could not understand. I sat on top of the ladder reading and trembling that I should be found out. Father moved from his study into the parlor where his piano was, and ever since I can remember he sat for hours playing.

The Early Diary of Anaïs Nin, vol. 2, p. 85

Uccle is a quiet residential area about a twenty-to-thirty-minute bus ride from Brussels, Belgium. There Anaïs attended a German school from seventh to eleventh grades. Her father, a classically typical Spanish man, behaved as a tyrant, often beating his children and quarreling with his wife Rosa. Once when a fierce argument started between her parents, Anaïs, fearing they might kill each other, threw herself out crying and thereby managed to si-

Uccle, Belgique

9 novembre 1920

Bruxelles. Après la naissance de Joaquín, je ne me rappelle rien jusqu'au moment où nous nous sommes retrouvés dans une belle petite maison de la rue Beau-Séjour, Uccles [sic], à Bruxelles. Notre maison avait quatre étages et je me souviens d'elle dans ses moindres détails avec beaucoup de regret. À partir de cette époque, la personnalité de Papa se fait plus nette dans mon souvenir. Il passait la plus grande partie de son temps dans son bureau ou à son piano. Dans son bureau, il y avait des livres jusqu'au plafond et, près de la fenêtre, un imposant bureau. Dès qu'il sortait, je m'y glissais pour y lire des livres que je ne comprenais pas. Je m'asseyais en haut de l'échelle et je lisais – en tremblant qu'il ne me découvre. Papa allait de son bureau jusqu'au petit salon où se trouvait son piano et je me rappelle encore qu'il restait là des heures à jouer.

Jeunesse, p. 573

Uccle est une ville résidentielle tranquille de Belgique, à vingt ou trente minutes en bus de Bruxelles. Anaïs Nin y passe trois années, fréquentant l'école allemande de la septième à la dixième années. Son père, mâle hispanique typique, se comporte en tyran domestique, battant fréquemment ses enfants et se disputant

82 ARCACHON. — Villa « Les Ruines ». — LL.   Selecta

83 ARCACHON. — "La Villa Les Ruines". — Le Cloître. — LL.

lence them. She also recollects that, in order to avoid her father's punishment, she as "an excellent actress" whispered with tears in her eyes: "Please, please don't." Anaïs' childhood memories are shadowed by discord and violence due to her father's character and behavior. She often recounts an episode where her father exclaimed: "How ugly you are!" to his sick and emaciated daughter, hurting her feeling deeply. In her recollection, however, her father is also found to nurse his daughter who was mistakenly diagnosed as having caries of the spine. She also remembers "many jolly Christmases," with the house filled with music played by her parents' friends. The father as a successful musician, and a happy family life at least on the surface or in a certain limited phase. Nevertheless, everyone is aware of its frailty, precariousness, and doom. The family spent a winter at Arcachon, a beach resort in southwestern France, for the daughter's convalescence. One day, the father departed from the dismally picturesque Villa Les Ruines on a concert tour, never to return.

Address: 74 avenue Beau-Séjour, Uccle, Belgium

Station: Bus Line 38, Montjoie

avec sa femme Rosa. Un jour, alors qu'une violente dispute éclate entre ses parents, Anaïs, effrayée qu'ils puissent s'entre-tuer, se jette entre eux et se met à crier en pleurant, réussissant ainsi à les faire taire. Elle se souvient aussi que, pour échapper à la punition de son père, elle le supplia, les yeux emplis de larmes à l'instar d'une « remarquable actrice » : « Papa, s'il te plaît, arrête ». Les souvenirs d'enfance d'Anaïs sont hantés par la discorde et la violence causées par le caractère et le comportement de son père. Elle raconte souvent une anecdote de son père lui disant : « Que tu es laide ! » alors qu'elle était émaciée par la maladie, la blessant profondément. Cependant, ses souvenirs montrent aussi un père prenant soin de sa fille à qui on avait à tort diagnostiqué une carie vertébrale. De la même façon, elle se souvient de « nombreux Noëls joyeux », la maison remplie de la musique des amis de ses parents. Le père, musicien auréolé de succès, et la vie familiale heureuse, de façon superficielle, ou bien pour une période limitée. Mais tout le monde se rend bien compte que tout cela est extrêmement fragile, éphémère, et voué à l'échec. Pour la convalescence d'Anaïs, la famille passe un hiver à Arcachon, une station balnéaire dans le sud-ouest de la France. Un jour, le père d'Anaïs quitta leur lugubre et pittoresque Villa Les Ruines, pour une tournée, et ne revint jamais.

Adresse : 74, avenue Beau-Séjour, Uccle, Belgique

Accès : bus ligne 38, Montjoie

03

Apartment at rue Schoelcher

December 24, 1924
Paris struck my ears first of all with a sound like that of trumpets at carnival time. I was informed that these were the taxicabs. Then, after that, there was the grayness of the buildings and the shabbiness of the passers-by.
"But Paris is dingy!" I exclaimed.
"No, Paris is ancient," Hugh corrected me, this being his second visit here.

The Early Diary of Anaïs Nin, vol. 3, p. 80

On Christmas Eve in 1924, Anaïs Nin came back to her native country, France. She was twenty-one years old and accompanied by her husband, Hugh Guiler, who had been transferred to a Paris branch of the First National Bank (the present Citibank). Although born in the suburb of Paris, she spent her childhood "on tours" with her musician father and crossed the Atlantic to America at eleven after the separation of her parents. France, to Anaïs, might as well have been more of a foreign country than a motherland. Some readers may find this unexpected, for she has often been described as "French born," and her books can sometimes be found in the French literature corner of a bookstore. Anaïs herself had a tendency to perform her Frenchness, so to speak, and never let go of her French accent (I was surprised to hear her pronunciation of Durrell

Appartement rue Schœlcher

24 décembre 1924
Avant tout, Paris m'a accueillie avec des bruits de trompettes, comme à carnaval. On m'a dit que c'étaient les taxis. Ensuite, ce fut le gris des bâtiments et les vêtements usés des passants.
« Mais Paris est si sale ! me suis-je exclamée.
– Non, Paris est vieux », a corrigé Hugh, qui vient ici pour la deuxième fois.

Jeunesse, p. 846

En 1924, la veille de Noël, Anaïs Nin revient dans son pays natal, la France. Elle a 21 ans et est accompagnée de son époux, Hugh Guiler, muté dans une branche parisienne de la First National Bank (aujourd'hui Citibank). Bien que née en banlieue de Paris, elle avait passé son enfance « en tournée » avec son père musicien, et elle avait traversé l'Atlantique pour les États-Unis à l'âge de onze ans, suite à la séparation de ses parents. Ainsi la France était peut-être pour elle plus un pays étranger qu'une patrie. Certains lecteurs s'en étonneront sans doute, car Anaïs est souvent décrite comme étant « née en France », et il arrive que ses ouvrages soient placés au rayon littérature française dans les librairies. Elle-même avait tendance à mettre en scène sa francité, pour ainsi dire, et elle ne se départit pas de son accent français jusqu'à sa mort. (J'ai été très éton-

SIMONE DE BEAUVOIR
1908 - 1986
AUTEUR DU DEUXIÈME SEXE
ÉCRIVAIN, PHILOSOPHE
VÉCUT DANS CETTE MAISON
DE 1955 À 1986

SIMONE DE BEAUVOIR
1908 - 1986
AUTEUR DU DEUXIÈME SEXE
ÉCRIVAIN, PHILOSOPHE
VÉCUT DANS CETTE MAISON
DE 1955 À 1986

[djurel] in a recording. But the French "r" sound truly suits her voice, the voice that the Japanese would describe as clear as a bell rolling).

Mr. and Mrs. Guiler initially settled themselves in an apartment house located at the back of the Montparnasse Cemetery. While spending four years there, the young American wife, who once exclaimed "Paris is dingy!" and cursed Parisians as "impure," experienced a divide into two personalities, and called her impure and strange half "Imagy" after its origin and curse—imagination.

I wonder if it is a chance meeting in history that Beauvoir, who criticized Anaïs' concept of femininity, took up her abode in this apartment house later. However, if we reread Anaïs Nin who wrote "as a woman," palimpsestically through Deleuze's concept of "becoming woman" as the critical point of *écriture*, Butler's statement "Gender is always a doing," and Beauvoir's own "One is not born, but rather becomes, a woman," it sounds more like her determination to *become* a woman through writing, to live the process of becoming and speaking.

Address: 11 bis Victor Schoelcher 75014 Paris
(The last two digits of a parisian zip code correspond to an arrondissement.)
Station: Métro 4,6, Denfert-Rochereau/Raspail

née en entendant un enregistrement où elle prononce « Durrell » /dyʀɛl/ avec le « u » et le « r » à la française. Le « r » à la française se marie toutefois parfaitement à sa voix, une voix que les Japonais qualifieraient de claire comme une clochette.)

Le couple Guiler s'installe tout d'abord dans un appartement situé derrière le cimetière du Montparnasse. Pendant les quatre années passées à cet endroit, la *young American wife* (jeune épouse américaine) qui s'exclamait auparavant : « Paris est minable ! » et maudissait les Parisiens « impurs », fait l'expérience d'une séparation en deux personnalités, et va nommer sa partie impure et bizarre « Imagy », d'après l'origine et la malédiction de celle-ci : l'imagination.

Je me demande s'il s'agit d'un hasard de l'histoire que Beauvoir, qui a critiqué le concept de féminité d'Anaïs Nin, ait par la suite élu domicile dans cet appartement. Toutefois, si nous relisons Anaïs Nin, qui écrivait « en tant que femme », à la manière d'un palimpseste, à travers le concept deleuzien du « devenir-femme » comme le point critique de l'écriture, la déclaration de [la philosophe états-unienne Judith] Butler selon laquelle « le genre est toujours un processus », ainsi que le célèbre « on ne naît pas femme : on le devient » de Beauvoir, on a plutôt l'impression de saisir sa détermination à *devenir* une femme à travers l'écriture, à vivre le processus du devenir et du parler.

Adresse : 11 bis, rue Victor Schœlcher 75014 Paris
(Les deux derniers chiffres d'un code postal parisien indiquent l'arrondissement.)
Accès : métro lignes 4 et 6, Denfert-Rochereau ou Raspail

04

Church of Saint Séverin

Église Saint-Séverin

December 13, 1925

We were so happy this morning, freezing among the books along the quays in the hopes of finding a rare edition for Eugene. That is the way we spend our Sunday mornings, usually, preceding this literary rite by a more sacred religious one, for I have taken more pleasure in piety since I discovered St. Séverin, where Dante prayed. And I was happy yesterday when we walked about together up and down the Rue du Bac looking for Christmas gifts for Richard M. and Horace. We spent our evening addressing Christmas cards, and every moment, while attending to these things, I remembered New York last year, our last talk with Eugene, my last sitting for Richard M., and the splendor of our expectations concerning Paris. A year, however, is a short time in which to form an opinion. And after all, this first year was spent in readjustment. This coming year alone will count, and I want to be supremely conscious of it.

The Early Diary of Anaïs Nin, vol. 3, pp. 168-69

13 décembre 1925

Nous avons été si heureux ce matin, complètement gelés sur les quais au milieu des livres à la recherche d'une édition rare pour Eugène. C'est ainsi que nous avons l'habitude de passer nos dimanches matin, faisant précéder ce rite littéraire d'un rite plus religieux, car j'ai repris goût à la piété depuis que j'ai découvert Saint-Séverin, où Dante a prié. Hier aussi je fus heureuse lorsque nous nous sommes promenés ensemble rue du Bac en cherchant des cadeaux pour Richard M. et pour Horace. Nous avons passé notre soirée à écrire des cartes de Noël ; tout cela me rappelait New York, l'année dernière, notre dernière conversation avec Eugène, ma dernière pose pour Richard M., et toutes les merveilles que nous nous attendions à trouver à Paris. Toutefois, une année, c'est peu pour se faire une opinion. Après tout, cette année fut une année d'adaptation. C'est la suivante qui va compter et je veux en être pleinement consciente.

Jeunesse, p. 912

Christmas is the most sacred holiday in the Christian world, as a celebration of the birth of Christ, and the most familial, when family members get together and exchange gifts. After her father had left home, Anaïs moved to America with her mother and two young

Noël, célébration de la naissance du Christ, est la fête la plus sacrée du monde chrétien, et aussi la plus familiale, moment où toute la famille se rassemble et échange des cadeaux. Après le départ de son père, Anaïs avait déménagé aux États-Unis avec sa mère et ses

brothers. At the age of eleven, she wrote in the *Diary* that she did not deserve a Christmas present, and at Communion dreamed of her father, instead of Christ, visiting her room-shaped heart. Later, she confessed to a psychoanalyst, René Allendy, that she abandoned her faith at the age of thirteen when her wish for her father's return was not realized.

Her later-life partner Rupert Pole said Anaïs had been "a puritanical Catholic girl." On the other hand, Henry Miller testified that he had never met as atheist a person as she. Somewhere between the two sets of times or the two polarities must lie the secrets of her life.

The Church of Saint Séverin at Saint-Germain-des-Prés is one of the oldest churches in Paris and is also well-known for pipe organ concerts.

Address: 3 rue des Prêtres Saint-Séverin 75005 Paris
Station: Métro 4, Saint-Michel; RER line B,
Saint-Michel - Notre-Dame

deux jeunes frères. A l'âge de onze ans, elle écrit dans son *Journal* qu'elle ne mérite pas de cadeau à Noël, et au moment de la Communion, elle a vu en rêve non pas le Christ mais son père lui rendre visite dans son cœur en forme de chambre. Plus tard, elle confie à un psychanalyste, René Allendy, qu'elle avait renoncé à sa foi à l'âge de treize ans, car son vœu de voir revenir son père ne se réalisait pas.

Rupert Pole, le partenaire avec qui elle partage la fin de sa vie, disait qu'Anaïs avait été « une jeune fille catholique puritaine ». Par contre, Henry Miller, lui, a témoigné n'avoir jamais rencontré de personne aussi athée qu'elle. C'est certainement quelque part entre ces deux moments, ou bien entre ces deux extrêmes, que sont cachés les secrets de sa vie.

L'Église Saint-Séverin, située à Saint-Germain-des-Prés, est une des plus anciennes églises de Paris et est réputée aussi pour ses concerts d'orgue.

Adresse : 3, rue des Prêtres Saint-Séverin 75005 Paris
Accès : métro ligne 4, Saint-Michel ; RER ligne B,
Saint-Michel - Notre-Dame

05

Sorbonne University

April 11, 1926

You go to the Sorbonne. The voices there are deep and solemn, scholarly and elegant. The sound of it alone and the impeccable intelligence, the impeccable style, are guarantees of intelligence and wisdom. You are again impressed with the awful gravity and awful divinity of French literature.

You wander through French streets, where one café is followed by a library, and a library by a café, and so on. You wander along the quays, and you are again impressed by the perpetual presence of Letters.

The Early Diary of Anaïs Nin, vol. 3, pp. 190-91

Sorbonne University, which awed the young Anaïs from young America, originated as a dormitory for poor students of theology. It was founded by Robert de Sorbonne in the thirteenth century. After the faculty of theology had been abolished, the name Sorbonne was given to the faculties of letters and science. It was reestablished as the University of Paris at the end of the nineteenth century, experienced disorganization with the events of May 1968, the students' riots and protests in France, and was then reorganized as the University of Paris, consisting of thirteen universities. The Universities of Paris I, III, and IV formally bear the name of Sorbonne, but it would have been the

La Sorbonne

11 avril 1926

Vous vous retrouvez à la Sorbonne. Les voix sont profondes et solennelles, élégantes et savantes. Leur timbre, déjà, l'intelligence sans faille, le style impeccable sont des garanties d'esprit et de sagesse. Vous êtes impressionné par la terrible gravité et la terrible divinité de la littérature française.

Vous vous promenez dans les rues de France, où un café succède à une librairie et une librairie à un café, et ainsi de suite. Vous vous promenez le long des quais et, de nouveau, vous êtes impressionné par l'omniprésence des Lettres.

Jeunesse, p. 928

La Sorbonne, qui impressionne tant la jeune Anaïs Nin débarquée des jeunes États-Unis, trouve son origine au XIIIe siècle dans un dortoir fondé par le théologien Robert de Sorbon pour accueillir les étudiants en théologie peu fortunés. Après la disparition de la faculté de théologie, les facultés de sciences et de lettres prennent le nom de Sorbonne, laquelle devient l'Université de Paris à la fin du XIXe siècle. Elle connaît un certain désordre au moment des mouvements étudiants de contestation de mai 1968, avant d'être réorganisée en Universités Autonomes au sein d'une Université de Paris divisée en treize établissements. Les universités de Paris I (Panthéon-Sorbonne), Paris III (Sor-

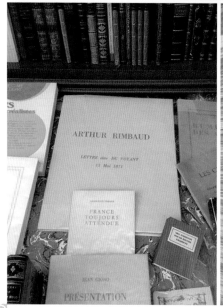

part corresponding to Paris IV, the faculty of humanities, often considered to be pronominal for the Sorbonne, that Anaïs visited. She wrote in the *Diary* in 1933 that Antonin Artaud delivered a lecture at the Sorbonne entitled "The Theatre and the Pest," which the audience did not understand and resulted in a total disaster, and that she and Artaud talked at the Café Coupole later.

One hears that anyone used to be able to enter the Sorbonne campus, but at present, an ID card needs to be presented, except for on the third Saturday and Sunday of September (European Heritage Days) when it is open to the public. As Anaïs mentions, there are many cafés and bookstores nearby. Once strolling around the neighborhood, I heard a female student (perhaps) murmur: "Oh, here's Tanizaki..." (Speaking of Tanizaki Jun-ichiro, Henry Miller voted for Kon Ichikawa's film *Odd Obsession,* based on Tanizaki's novel, *The Key*, at the 1960 Cannes Film Festival, and recommended that Anaïs watch it.

In April 2018, exactly half a century after May 1968, news flew from France that students had occupied the Sorbonne in protest against the higher education reform of Emmanuel Macron's, the first President of the post 1968 generation.

Address: 1 rue Victor Cousin 75005 Paris

Station: Métro 4, St. Michel; 10, Cluny-La Sorbonne

bonne-Nouvelle) et Paris IV (Paris-Sorbonne) portent donc officiellement le nom de « Sorbonne », mais c'est certainement la partie correspondant à Paris IV, spécialisée en littérature et sciences humaines, et souvent considérée comme synonyme de Sorbonne, qu'Anaïs a visitée. Elle écrit en 1933 dans son *Journal* qu'Antonin Artaud avait donné une conférence en Sorbonne intitulée « Le théâtre et la Peste », qui n'avait absolument pas été comprise par le public et s'était soldée par un véritable désastre, ce dont Artaud et elle avaient discuté par la suite au café *La Coupole*.

Il était auparavant possible d'entrer librement à la Sorbonne, mais récemment il est demandé une preuve d'identité à l'entrée, excepté les troisièmes samedi et dimanche de septembre (Journées européennes du Patrimoine) où elle est ouverte au public. Comme Anaïs l'écrit, il y a autour de l'université de nombreux cafés et librairies. En m'y promenant un jour, j'ai entendu une jeune étudiante (sans doute) murmurer : « Oh, il y a Tanizaki... » (A propos de Tanizaki Jun.ichirō : lorsque Henry Miller a été membre du jury du Festival de Cannes en 1960, il a voté pour le film *L'Étrange Obsession* du réalisateur Ichikawa Kon, inspiré du roman *La Clef* de Tanizaki, et a conseillé à Anaïs de le voir.)

En avril 2018, tout juste un demi-siècle après les événements de mai 1968, la Sorbonne a été à nouveau occupée par des étudiants qui étaient opposés à la réforme du système d'entrée dans l'éducation supérieure mise en œuvre par Emmanuel Macron, premier président issu des générations post-68.

Adresse : 1, rue Victor Cousin 75005 Paris

Accès : métro ligne 4, Saint-Michel ; métro ligne 10, Cluny - La Sorbonne

06

Apartment at boulevard Suchet

Appartement boulevard Suchet

January 18, 1929

My mornings are spent looking for a new Home, an occupation I delight in because I like the exercise of imagining how each one could be decorated and furnished. Tonight at five my darling is signing up for a studio apartment at 47 Boulevard Suchet.

The Early Diary of Anaïs Nin, vol. 4, p. 154

18 janvier 1929

Je passe mes matinées à chercher un nouvel appartement, une occupation qui me ravit car, à chaque visite, j'adore imaginer comment je pourrais décorer et meubler les lieux. Ce soir à 5 heures, mon cher amour va signer le contrat de location d'un appartement-atelier situé 47 boulevard Suchet.

Jeunesse, p. 1124

After four years at rue Schoelcher in the fourteenth arrondisement, the Guilers moved to boulevard Suchet, a peaceful residential area in the sixteenth arrondisement. Anaïs, with her talent for interior designing, decorated this apartment in "the modern Oriental style," and received requests from her friends to decorate their homes. She also transformed the Louveciennes house, to which they would move after Suchet, from a house of ruin into a house of magic, by repairing a fountain and painting each room in a different color. She exerted her sense of beauty in every day life: she lived her own credo that she would not separate life from art.

On the other hand, she wrote of her psychological state during this period: "I thought how strange it was that Rank was living a block away when I lived on the Boulevard Suchet, when my life was so empty and so tragic.[...] The life in Suchet. The explosion of color and dancing, together with the starvation of soul

Après quatre années dans leur appartement de la rue Schœlcher dans le 14ᵉ arrondissement, le couple Guiler emménage boulevard Suchet, dans un quartier résidentiel calme du 16e arrondissement. Anaïs laisse libre cours à son talent de décoratrice d'intérieur en donnant à l'appartement un « style oriental moderne », et reçoit des commandes d'ami·e·s souhaitant qu'elle décore leur intérieur. Elle transforme aussi la maison abandonnée de Louveciennes, où le couple devait déménager par la suite, en maison enchantée, réparant une fontaine et peignant chaque pièce d'une couleur différente. Elle exerce ainsi son sens de l'esthétique au quotidien : elle vit de la sorte son credo, à savoir ne pas séparer la vie de l'art.

D'un autre côté, voici ce qu'elle écrit concernant son état psychologique durant cette période : « Comme il était étrange de penser que Rank habitait à cent mètres de chez moi lorsque je vivais boulevard Suchet, quand ma

and senses." (*Incest*)

She described the time before she had met Henry, June, Artaud, or the psychoanalysts Allendy and Rank as "hibernating" or that she was almost dead. She lived in an exotically beautiful apartment decorated by herself, and learned Spanish dancing. The bright and colorful petit bourgeois life sickened—almost killed—the soul of this young American wife in Paris.

Address: 47 boulevard Suchet 75016 Paris

Station: Métro 9, Ranelagh

vie était si vide et si tragique.[...] La vie à Suchet. L'explosion de couleurs et la danse parallèlement à la famine de l'âme et des sens. » (*Inceste*)

Elle décrit cette période de sa vie, avant qu'elle ne rencontre Henry, June, Artaud, ou encore les psychanalystes Allendy ou Rank, comme étant « en hibernation », ou bien comme si elle était presque morte. Elle vivait dans un magnifique appartement exotique décoré par ses soins et prenait des cours de danse espagnole. Cette vie petite bourgeoise radieuse et colorée avait rendu malade – presque tué – l'âme de cette *young American wife* à Paris.

Adresse : 47, boulevard Suchet 75016 Paris

Accès : métro ligne 9, Ranelagh

07

Printemps Department Store

September 21, 1926
What is wrong with me? Why the aching desire when I saw the costumes in the Printemps—jeweled headdresses and Oriental veils and Spanish dresses and Russian gowns. I believe it is a struggle between my imaginings and my physical limitations.

The Early Diary of Anaïs Nin, vol. 3, p. 233

Anaïs Nin dropped out of high school and married a banker at the age of twenty. She did not have a career of her own before she published the *Diary* at age sixty-three and achieved recognition as a writer. One of her exceptional experiences was that of being a popular art model in her late teens and twenties. She wrote about this experience that she felt like "a piece of furniture that was being sold at the auction," but she asserted that she was the one to observe the artists and make their portraits, not they of her: "I posing for them? Ha! Ha! You think they are making my portrait? You are wrong. They are posing for me, and I am making their portraits."(*The Early Diary*, vol.4) These are stunningly insightful statements that preceded Laura Mulvey's feminist film theory by more than half a century.

Another experience is that of Spanish dancing, which she learned after she married and moved to France. She was invited to join her teacher on his tour, but declined the offer be-

Grand magasin Printemps

21 septembre 1926
Qu'est-ce qui ne va pas chez moi ? Pourquoi ai-je été saisie d'un désir presque douloureux en voyant les costumes du Printemps – et aussi les coiffures ornées de bijoux, les voiles orientaux, les robes espagnoles et les tuniques russes ? Je crois que la cause en est la lutte entre mon imagination et mes limites proprement physiques.

Jeunesse, pp. 957-58

Anaïs avait quitté le lycée et épousé un banquier à l'âge de vingt ans. Elle n'a pas eu de carrière professionnelle à proprement parler jusqu'à ce qu'elle publie son *Journal* à 63 ans et soit reconnue comme écrivaine. Une exception est l'expérience qu'elle a faite vers l'âge de vingt ans en tant que modèle d'art, période durant laquelle elle fut très populaire. Elle déclare à ce sujet qu'elle avait le sentiment d'être « un meuble en train d'être vendu aux enchères », mais aussi que c'était en fait elle qui observait les artistes et faisait leur portrait, et non le contraire : « Moi, poser pour eux ? Ha ! ha ! Vous croyez qu'ils font mon portrait ? Vous vous trompez. Ce sont eux qui posent pour moi, et je suis en train de faire leurs portraits. » (*Jeunesse*) Ce sont des déclarations pleines de discernement, et qui précèdent de plus d'un demi-siècle la théorie féministe du cinéma de Laura Mulvey.

LA FÊTE DU PRINTEMPS

BIMBA Y LOLA

PRINTEMPS FEMME, Étage 3
3rd floor, Women Store

cause of her physical limitations. Given her appearances in Maya Deren's and Kenneth Anger's films, Anaïs may also be called an actress/a performer. It is surprising, on the other hand, that she kept her strong writer's spirit, without even being recognized, from girlhood to late life. She declared at the age of eighteen: "without ink and paper, I should die." (*The Early Diary*, vol.2)

Printemps is one of the three major department stores in Paris, alongside the Galeries Lafayette and the Bon Marché (the oldest department store in the world). The First National Bank, for which Anaïs' husband worked, used to stand across from Printemps, but it has since been absorbed into the Lafayette building.

Address: 64 boulevard Haussmann 75009 Paris
Station: Métro 3,9, Havre Caumartin;
RER A, Auber; RER E, Haussmann-St. Lazare

Une autre expérience concerne la danse espagnole, qu'elle apprend après son mariage et sa venue à Paris : son professeur l'invite à participer à une tournée, mais elle décline l'offre en raison de ses limites physiques. Du fait de ses apparitions dans des films de Maya Deren et Kenneth Anger, elle peut aussi être appelée actrice / performeuse. Il est d'autre part surprenant que, bien que non reconnue comme telle, elle ait gardé toute sa vie la conscience tenace d'être une écrivaine, au point de déclarer à l'âge de dix-huit ans : « si je n'avais pas de papier et d'encre, je devrais mourir. » (*Jeunesse*)

Le Printemps est l'un des trois principaux grands magasins de Paris, avec le Bon Marché (le plus ancien grand magasin au monde) et les Galeries Lafayette. La First National Bank pour laquelle travaillait le mari d'Anaïs se trouvait en face du Printemps. Elle est maintenant intégrée dans l'immeuble des Galeries Lafayette.

Adresse : 64, boulevard Haussmann 75009 Paris
Accès : métro lignes 3 et 9, Havre - Caumartin ;
RER A, Auber ; RER E, Haussmann - St. Lazare

08

Ossip Zadkine Residense/Museum

Résidence et musée Ossip Zadkine

[February, 1933]

I met Zadkine, the sculptor of wood figures. We went to his little house behind an apartment house on the Rue d'Assas. There are two small houses with a garden between them. In one he lives with his Russian wife; in the other are his sculptures. There are so many of them they look like a forest, as if so many trees had been growing there and he had carved them into a forest of bodies, faces, animals. The different qualities of the woods, the grain showing, the various tones, weights, make one feel there is much of the tree left in them.

The Diary of Anaïs Nin, vol. 1, p. 178

[Février 1933]

J'ai rencontré Zadkine, le sculpteur sur bois. Nous sommes allés dans sa petite maison derrière un immeuble de la rue d'Assas. Il y a deux petites maisons séparées par un jardin. Il habite l'une avec sa femme russe, dans l'autre se trouvent ses statues. Il y en a tellement qu'on dirait une forêt, comme si c'était autant d'arbres qui avaient poussé là et qu'il les avait sculptés pour en faire une forêt de corps, de visages, d'animaux. Les différentes espèces de bois, leur grain, leur nuance, leur densité diverse vous procurent le sentiment que l'arbre est encore en grande partie présent.

Journal, tome 1, p. 259

Ossip Zadkine was born in Russia in 1890, moved to Paris at age nineteen, and stayed there for the rest of his life except for a few years during World War II. In the *Diary* volume one, Anaïs also wrote that Zadkine fell in love with June Miller and gave her his sculpture as a gift, and in volume five she wrote of an episode she heard from him when she revisited Paris in the fifties. Zadkine's Jewish origin made him leave Paris for New York during the War. In returning home, he found two sculptures of women covered with a vine and flowers over the top of their heads. Zadkine looked at them wistfully and said: "You see, even in death there is beauty."

Ossip Zadkine, né en 1890 en Russie, vient à Paris à l'âge de 19 ans et y reste toute sa vie, à l'exception de quelques années pendant la Deuxième Guerre mondiale. Dans le tome un de son *Journal*, Anaïs écrit aussi que Zadkine était tombé amoureux de June Miller et qu'il lui a donné une sculpture en cadeau. Dans le tome cinq, elle note une anecdote que Zadkine lui a racontée lorsqu'elle est revenue à Paris dans les années 1950. Pendant la Guerre, Zadkine, d'origine juive, avait dû fuir Paris pour New York. En rentrant chez lui, il trouva deux sculptures de femmes recouvertes de lierre et de fleurs jusqu'à la tête. Zadkine leur jeta un re-

The Zadkine residence that Anaïs visited is now open to the public as the Zadkin Museum.

Address: 100 rue d'Assas 75006 Paris
Station: Métro 4, Vavin; RER B, Port Royal

gard, et dit avec mélancolie : « Vous voyez, même dans la mort il y a de la beauté. »

La maison de Zadkine qu'Anaïs a visitée est devenue le musée Zadkine et est aujourd'hui ouverte au public.

Adresse : 100, rue d'Assas 75006 Paris
Accès : métro ligne 4, Vavin ; RER B, Port-Royal

Cité Internationale Universitaire de Paris

Cité Internationale Universitaire de Paris

[June, 1934]

Just outside the gate of Paris, on a broad boulevard, a new and modern Paris, the Cité Universitaire, clean and white and cubistic.

I did not want to go to the Psychological Center. But I had told Rank I would come, and I went for his sake.

As I walked in the sun, I fell into a Grecian mood—life of the body blossoming full in the fragrance of philosophy.

The Diary of Anaïs Nin, vol. 1, p. 325

[Juin 1934]

Juste à la porte de Paris, sur un large boulevard, un Paris nouveau, moderne, la Cité universitaire, blanche, propre et cubiste.

Je n'avais pas envie d'aller au Centre psychologique. Mais j'avais dit à Rank que je viendrais, et c'est pour lui que j'y suis allée.

En marchant au soleil je me sentais d'une humeur « grecque » — la vie du corps s'épanouissant dans le parfum de la philosophie.

Journal tome 1, p.460

Cité Internationale Universitaire de Paris was founded in 1925 at the south border of Paris. It started as a grand, idealist experiment after World War I, in which they decided to offer students and scholars from around the world a place to live and study in, a home away from home, and by doing so contribute to international exchange and world peace. Forty maisons of forty countries, the library, the theater, restaurants, a café, a post office, a bank, and an indoor swimming pool are housed in thirty-four hectares of grounds—the international city indeed. It is closely related to the University of Paris in terms of the organizational management and the ownership of many buildings on the site.

Cité was built by demolishing part of the Thiers Wall, constructed in the mid-nineteenth century around Paris (Cité to this day embraces

La fondation de la Cité Internationale Universitaire de Paris, située à l'extrême sud de Paris, remonte à 1925. C'était au départ, dans la France de l'après Première Guerre mondiale, une grande expérience idéaliste, par laquelle on voulait offrir à des étudiants et chercheurs du monde entier un endroit où vivre et étudier, un foyer loin du foyer, et ainsi contribuer aux échanges internationaux et à la paix dans le monde. Quarante maisons de quarante pays, une bibliothèque, un théâtre, des restaurants, un café, un bureau de poste, une banque, et même une piscine intérieure sont construits sur un terrain de 34 hectares : une véritable cité internationale. Un grand nombre de bâtiments sont la propriété de l'Université de Paris, laquelle est aussi partie prenante dans la gestion de l'organisation.

La Cité Internationale Universitaire de Paris

Japanese Katakana character "モ" (instead of "e") as well as Russian and Arabic characters is used. It is supposed to represent diversity.

Le caractère japonais « モ » (au lieu de « e ») ainsi que des caractères arabes et russes sont utilisés afin de représenter la diversité.

Fondation suisse

Photo by Eugène Atget (1899)

Porte d'Arcueil

two relics of the Wall: part of the Porte d'Arcueil, one of the gates penetrating the Wall, and a stone bearing the inscription "1842 Bon 82," suggesting it belonged to the bastion no. 82, built in 1842). It is quite symbolic that Cité Internationale Universitaire, a gathering place of foreigners, was constructed on the border of Paris, one of the major cities in Europe. With its centennial in sight, Cité is currently undergoing redevelopment to build more maisons, aiming to further broaden the boundary zone.

Anaïs Nin attended Otto Rank's lectures here and studied psychoanalysis. Across boulevard Jourdan, we can walk straight to Parc Montsouris. Villa Seurat, where Henry Miller lived during his last days in Paris, is also within walking distance.

Fondation suisse, at which I stayed, was designed by Le Corbusier, whose seventeen works were registered as the UNESCO World Heritage Sites in 2016. One can apply to take a tour inside. During my stay, I met a girl student named Anaïs (after Nin), but missed a chance to take her picture.

Address: 17 boulevard Jourdan 75014

Station: RER B, Cité Universitaire

a pu être construite en démolissant une partie de l'enceinte de Thiers, érigée autour de Paris au milieu du XIXᵉ siècle. (Aujourd'hui encore on trouve deux restes de cette enceinte sur le terrain de la Cité : une partie de la porte d'Arcueil, qui traversait l'enceinte, ainsi qu'une pierre portant l'inscription « 1842 Bᵒⁿ 82 », laissant penser qu'elle faisait partie du bastion 82 construit en 1842.) Il est très symbolique que la Cité Internationale Universitaire, conçue comme un lieu rassemblant des étrangers, ait été construite à la lisière de Paris, une des principales villes d'Europe. En prévision de son centenaire, la Cité Internationale Universitaire est actuellement en cours de réaménagement avec la construction de nouvelles maisons, envisageant ainsi une nouvelle extension de cette zone aux limites de Paris.

C'est là qu'Anaïs Nin a suivi les cours d'Otto Rank et étudié la psychanalyse. De l'autre côté du boulevard Jourdan on peut marcher jusqu'au parc Montsouris. La Villa Seurat, où Henry Miller a vécu pendant ses derniers jours à Paris, est aussi accessible à pied.

La Fondation suisse, où j'ai séjourné, a été dessinée par Le Corbusier, dont les dix-sept œuvres ont été classées au patrimoine mondial de l'UNESCO en 2016. Elle peut se visiter sur inscription. Pendant mon séjour, j'ai fait la connaissance d'une étudiante prénommée Anaïs (en hommage à Nin), mais ai complètement oublié de la prendre en photo.

Adresse : 17, boulevard Jourdan 75014 Paris

Accès : RER B, Cité Universitaire

Bastion 82

10

Parc Montsouris

[June, 1935]
Walking from the Opéra to Parc de Montsouris, I realized that Paris was built for eternity.[...]

The Diary of Anaïs Nin, vol. 2, p. 46

[Fall, 1937]
Larry [Lawrence Durrell] and I walked around the Parc de Montsouris. He talked about the diary: "More terrifying than *Tropic of Cancer*. The collapse of Rank's teachings, incredible. You're like a diamond desiring to be made dust and they all cut away but the diamond is untouched.

Ibid., p. 256

Getting off at the Cité Universitaire station of RER line B, you see the front gate of Cité in front of you. But if you go left, instead of crossing boulevard Jourdan, you will find Parc Montsouris. In it, there is a lake, hills, and relics of a tunnel; it shows visitors some kind of rural beauty—something we miss in city parks. You can enjoy walking around the fifteen-hectare park. On weekends it is crowded with men and women of all ages, just like any other park in Paris.

In the *Diary* volume seven, Anaïs Nin wrote that the young Henry Miller would walk forever all through Paris. But Anaïs herself, walking from the Opéra in central Paris to Parc Mont-

Parc Montsouris

[Juin 1935]
En me rendant à pied de l'Opéra au parc Montsouris, j'ai compris que Paris était construit pour l'éternité. [...]

Journal tome 2, p. 55

[Automne 1937]
Larry [Lawrence Durrell] et moi nous nous sommes promenés au parc de Montsouris. Il parlait du journal : « Plus terrifiant que *Tropique du Cancer*. L'effondrement des enseignements de Rank, incroyable. Vous êtes comme un diamant qui désire devenir poussière, et tout le monde en taille un morceau, mais le diamant est intact. »

Journal tome 2, p. 271

En descendant à la gare de Cité Universitaire sur le RER B, on peut voir l'entrée principale de la Cité Internationale Universitaire en face de la sortie. En allant sur la gauche sans traverser le boulevard Jourdan, on arrive au parc Montsouris où on trouve un bassin, des collines, ainsi que les restes d'un tunnel utilisé autrefois. Il y règne un certain charme rustique qui fait défaut aux parcs urbains. Le parc s'étend sur quinze hectares et convient donc parfaitement aux promenades à pied. Le weekend, des gens de tous âges s'y pressent, phénomène que l'on retrouve d'ailleurs dans tous les parcs de Paris.

Petite Ceinture, the former railway line
L'ancienne ligne de chemin de fer Petite Ceinture.

souris on the southern edge of the city, must have been quite a formidable walker.

Address: 2 rue Gazan 75014 Paris

Station: RER B, Cité Universitaire

Dans le tome sept de son *Journal*, Anaïs Nin écrit à propos d'Henry Miller qu'étant jeune il était infatigable et pouvait marcher toute la journée à travers Paris. Anaïs semble avoir été elle-même une grande marcheuse puisqu'elle écrit avoir marché de l'Opéra, dans le centre de Paris, jusqu'au Parc Montsouris situé à l'extrémité sud de la ville.

Adresse : 2, rue Gazan 75014 Paris

Accès : RER B, Cité Universitaire

RER station of Cité Universitaire seen from Parc Montsouris. The gate of Cité Universitaire can be seen across boulevard Jourdan.
Gare R.E.R. de Cité Universitaire vue du Parc Montsouris. On peut apercevoir la porte de la Cité Universitaire de l'autre côté du boulevard Jourdan.

Louveciennes

Louveciennes

[Winter, 1931-1932]

Louveciennes resembles the village where Madame Bovary lived and died. It is old, untouched and unchanged by modern life. It is built on a hill overlooking the Seine. On clear nights one can see Paris. It has an old church dominating a group of small houses, cobblestone streets, and several large properties, manor houses, a castle on the outskirts of the village. One of the properties belonged to Madame du Barry. During the revolution her lover was guillotined and his head thrown over the ivy-covered wall into her garden. This is now the property of Coty. There is a forest all around in which the Kings of France once hunted. There is a very fat and very old miser who owns most of the property of Louveciennes. He is one of Balzac's misers. He questions every expense, every repair, and always ends by letting his houses deteriorate with rust, rain, weeds, leaks, cold.

Behind the windows of the village houses old women sit watching people passing by. The street runs down unevenly towards the Seine. By the Seine there is a tavern and a restaurant. On Sundays people come from Paris and have lunch and take the rowboats down the Seine as Maupassant loved to do. The dogs bark at night. The garden smells of honeysuckle in the summer, of wet leaves in

[Hiver 1931-1932]

Louveciennes ressemble à la petite ville de province où naît et meurt Mme Bovary. Elle est ancienne, et la vie moderne l'a laissée intacte. Elle est construite sur une colline qui surplombe la Seine. Par nuit claire on aperçoit Paris. Elle possède une vieille église qui domine un groupe de petites maisons, des rues pavées, et plusieurs grandes propriétés, des gentilhommières, et un château fort un peu en dehors du village. L'une des propriétés a appartenu à Mme du Barry. Son amant fut guillotiné à la Révolution et sa tête lancée dans le jardin par-dessus le mur couvert de lierre. C'est Coty qui possède actuellement cette propriété.

Louveciennes est entourée d'une forêt où les rois de France chassaient autrefois. Un vieil avare très riche, sorti tout droit de Balzac, possède presque tout le village. Il chicane sur chaque dépense, chaque réparation, et finit toujours par laisser la rouille, la pluie, les mauvaises herbes, les fuites d'eau et le froid endommager ses maisons.

Assises derrière leurs fenêtres, les vieilles femmes du village regardent passer les gens. La grand-rue dévale capricieusement vers la Seine. Au bord de l'eau, il y a une auberge et un restaurant. Les gens viennent de Paris le dimanche pour y déjeuner, et canoter sur la Seine ainsi que Maupassant

the winter. One hears the whistle of the small train from and to Paris. It is a train which looks ancient, as if it were still carrying the personages of Proust's novels to dine in the country.[...]

When I look at the large green iron gate from my window it takes on the air of a prison gate. An unjust feeling, since I know I can leave the place whenever I want to, and since I know that human beings place upon an object, or a person, this responsibility of being the obstacle when the obstacle lies always within one's self.

In spite of this knowledge, I often stand at the window staring at the large closed iron gate, as if hoping to obtain from this contemplation a reflection of my inner obstacles to a full, open life.

No amount of oil can subdue its rheumatic creaks, for it takes a historical pride in its two-hundred-year-old rust.

But the little gate, with its overhanging ivy like disordered hair over a running child's forehead, has a sleepy and sly air, an air of

aimait à le faire.

Les chiens aboient la nuit. Le jardin sent une odeur de chèvrefeuille en été, et de feuilles humides en hiver. On entend siffler le petit train de Paris. C'est un train qui paraît très ancien, comme s'il transportait encore les personnages des romans de Proust pour dîner à la campagne.[...]

Lorsque, de ma fenêtre, je regarde la grande grille de fer verte, je lui trouve une allure de porte de prison. Sentiment injustifié, car je sais bien que je peux quitter les lieux à ma guise, et je sais bien que les êtres humains attribuent à un objet, ou à une personne, la responsabilité d'être l'obstacle, alors que l'obstacle est en soi-même.

Malgré tout je reste souvent à la fenêtre, à considérer la grande grille en fer qui est fermée, comme si j'espérais obtenir de cette contemplation un reflet de mes obstacles intérieurs à une vie complète et libre.

Même de grandes quantités d'huile ne viendront pas à bout de ses grincements quinteux car elle tire un orgueil historique de sa

being always half open.

The Diary of Anaïs Nin. vol. 1, pp. 3-4

Visiting a Laboratory of the Soul: My Journey to Louveciennes

August 31, 2014

Taking a train from Saint-Lazare[*1], I arrived at the station of Louveciennes[*2], wondering how many times Anaïs Nin stood on this platform for her shuttle between here and Paris.

Louveciennes has a remarkably rich and nuanced history. There are many castles built in the seventeenth and eighteenth centuries[*3], one of which belonged to Madame du Barry, the renowned mistress of Louis XV[*4]; it is surrounded by a forest where the Kings of France once hunted; impressionist painters such as Renoir, Sisley, and Pissarro loved to paint Louveciennes. Anaïs Nin wrote in the *Diary* volume one that the castle of Madame du Barry was then "the property of Coty." In 1980s it was purchased by the daughter of an (in)famous Japanese businessman Hideki Yokoi,

rouille deux fois centenaire.

Mais la petite grille, sur laquelle le lierre retombe ainsi que des mèches sur le front d'un enfant qui court, a un air endormi et rusé, un air d'être toujours entrouverte.

Journal tome 1, pp. 15-17

Visite d'un laboratoire de l'âme : mon voyage à Louveciennes

31 août 2014

Ayant pris le train à Saint-Lazare[*1], je descends à la gare de Louveciennes[*2], me demandant combien de fois Anaïs Nin s'est tenue sur le quai de cette gare et combien de fois elle a fait l'aller-retour depuis Paris.

L'histoire de Louveciennes est étonnamment riche en nuances. On y trouve de nombreux châteaux construits aux XVIIe et XVIIIe siècles[*3], à commencer par celui qui a appartenu à Madame du Barry, la célèbre favorite de Louis XV[*4]. La ville est entourée par une forêt qui servit de terrain de chasse aux rois de France. Des peintres impressionnistes tels

then ripped, stripped, and left to decay, causing social furor in France. Presently it is restored, and the part of it which is open to the public, is known as "the Pavilion of Music of Madame du Barry" (since January 2019, the castle has no longer been open to the public). Louveciennes also contains an exquisite white wooden house, where Brigitte Bardot used to spend her holidays in her girlhood[*5]. I heard that there was a time when Louveciennes flourished as a village of summer houses, while at the moment, it looks like a quiet, suburban residential area.

A few minutes' walk from the station takes one to the legendary Nin house[*6], which gives one a rather modest impression—unexpectedly, bearing in mind the description in the *Diary* that its grounds contain a fountain and a little brook (Anaïs' brother Joaquin testifies that the brook episode is a product of his sister's creative imagination); unexpectedly, in the context of the imposing mansions scattered through the area. One should not be surprised, in fact, for Anaïs and her husband moved from Paris to Louveciennes for economic reasons

Renoir, Sisley ou Pissarro ont adoré peindre Louveciennes. Anaïs Nin écrit dans le tome un de son *Journal* que le château de Madame du Barry était alors « la propriété de Coty ». Dans les années 1980, il a été racheté par la fille d'un homme d'affaires japonais (tristement) célèbre, Hideki Yokoi, vidé et laissé à l'état de ruine, ce qui causa un grand scandale en France. Le château est aujourd'hui restauré, et la partie ouverte au public est connue sous le nom de « Pavillon de musique de la comtesse du Barry ». (Depuis 2019, le château est désormais entièrement fermé au public.) A Louveciennes se trouve aussi une élégante maison de bois blanc, dans laquelle Brigitte Bardot passait ses vacances lorsqu'elle était jeune fille[*5]. J'ai entendu dire qu'à une certaine période la ville est devenue une zone de résidences d'été prospère, mais aujourd'hui elle ressemble plutôt à une ville calme de banlieue résidentielle.

Quelques minutes de marche depuis la gare conduisent à la légendaire maison Nin[*6], qui donne une impression de modestie, ce qui est doublement inattendu si l'on se souvient de sa

5

(For that matter, the beautiful Silver Lake house in Los Angeles, where Anaïs spent the half of her later life, designed by Eric Wright, the grandson of Frank Lloyd Wright and half-brother of Anaïs' partner Rupert Pole, was also not of a kind to be called "a mansion").

The outer walls of the house, according to Paul Herron's Anaïs Nin Blog, were repainted in burnt orange in the nineties by its then owner, a color that Paul's friend called "hideous." The large gate for cars, of which Anaïs wrote: "no amount of oil can subdue its rheumatic creaks" and "it takes on the air of a prison gate," is painted in light green, which may also be different from what Anaïs saw. However, the little gate for humans, of which Anaïs wrote: "with its overhanging ivy like disordered hair over a running child's forehead, [it] has a sleepy and sly air, an air of being always half open." stands probably as it did nearly a century ago[7].

There is a plaque on the front wall stating "Anaïs Nin [1903-1977], an American novelist, lived in this house between 1931 and 1935.[8]" In this age of Internet and with a help-

description dans le *Journal*, selon laquelle le terrain contenait une fontaine et un ruisseau (à ce propos, le frère d'Anaïs, Joaquin, témoigne que l'histoire du ruisseau est un produit de l'imagination débordante de sa sœur), et si on la compare aux demeures imposantes dispersées aux alentours. Toutefois la modestie de cette maison s'explique : si Anaïs et son mari ont déménagé de Paris à Louveciennes, c'était pour des raisons financières. (En y repensant, la belle maison de Silver Lake à Los Angeles, ville où Anaïs a passé la moitié de la dernière partie de sa vie, dessinée par Eric Wright, petit-fils de [l'architecte] Franck Lloyd Wright et demi-frère de Rupert Pole, partenaire d'Anaïs à l'époque, n'était pas non plus du genre « résidence de luxe ».)

D'après le « Anaïs Nin Blog » de Paul Herron, les murs extérieurs ont été repeints de couleur orange foncé dans les années 1990 par le propriétaire de l'époque, une couleur qu'un ami de Paul a qualifiée de « hideuse ». De même, le large portail pour les voitures dont Anaïs écrivait que « même de grandes quantités

ful guidebook, entitled *Anaïs Nin's Lost World: Paris in Words and Pictures 1924-1939* by Britt Arenander, the Anaïs Nin pilgrimage is relatively easy to make, even for someone with no sense of direction such as myself. *The Lost World* introduces several apartments where Anaïs lived in and around Paris, one of which hosted Beauvoir in a different period of time, according to its own plaque. In the apartment in Neuilly where Anaïs was born, a resistance leader resided for a few months. None of those places, however, except for the Louveciennes house, bears the name of Anaïs Nin.

In the garden a car was parked. Some of the trellises were open, but the windows behind them were all closed. It looked like no one was inside the house. A passer-by told me that there must be someone living there, but that she had never seen anyone, as is often the case with this kind of neighborhood. I visited on the last Sunday in August, so the occupants may have been out of town on vacation. The limited view hindered me from counting the eleven windows, in the middle of which was a shutter

d'huile ne viendr[aie]nt pas à bout [des] grincements quinteux », et qui prend « une allure de porte de prison », est désormais peint en vert clair, une couleur peut-être différente de ce qu'Anaïs a vu. Cependant, la petite porte pour les piétons, « sur laquelle le lierre retombe ainsi que des mèches sur le front d'un enfant qui court, [qui] a un air endormi et rusé, un air d'être toujours entrouverte », est sans doute dans le même état qu'elle ne l'était il y a près d'un siècle[7].

A l'entrée se trouve une plaque où l'on peut lire : « Anaïs Nin (1903-1977), romancière américaine vécut dans cette maison de 1931 à 1935 »[8]. Aujourd'hui avec internet, ainsi qu'un guide utile tel que *Le monde perdu d'Anaïs Nin : Paris en mots et en photos, 1924-1939* de Britt Arenander, un pèlerinage sur les traces d'Anaïs Nin est relativement facile à effectuer, même pour quelqu'un comme moi qui n'a pas le sens de l'orientation. *Le monde perdu* présente plusieurs appartements de Paris et de ses environs dans lesquels Anaïs a vécu, Beauvoir ayant habité dans l'un d'eux à une autre

placed for symmetry only, enticing Anaïs to dream about the non-existent room behind the closed shutter. The way I looked inside through the closed gate was like (or rather, was nothing but) that of a voyeur, causing another neighbor to give me a suspicious glance[*9].

Anaïs too reported that the old women raised the curtains and stared at her when she took a dog for a walk, and that her mother looked disapprovingly from the window as her daughter went to Paris frequently. Anaïs Nin lived in Louveciennes, which resembled "the village where Madame Bovary lived and died," for a few years in the thirties, and declared: "Unlike Madame Bovary, I am not going to take poison," thus surviving Emma Bovary. She wrote her first book on D. H. Lawrence "out of gratitude, because it was he who awakened me," thus surviving Edna Pontellier, the heroine of Kate Chopin's *Awakening*. Moreover, Anaïs Nin, a restrained and repressed housewife living in the suburbs, recreated herself as a woman-writer, thus preceding Betty Friedan's *The Feminine Mystique* (1963) by

époque, selon la plaque qui y est apposée. Dans l'appartement de Neuilly où Anaïs est née, un chef de la Résistance a résidé pendant quelques mois. Cependant, à part sur la maison de Louveciennes, aucune plaque portant le nom d'Anaïs Nin ne se trouve à ces endroits.

Une voiture était stationnée dans le jardin. Certains treillis en bois étaient ouverts, mais les fenêtres derrière étaient toutes fermées. Il semblait que personne n'était dans la maison. Une passante m'a dit que quelqu'un devait habiter cette maison, mais qu'elle n'avait jamais vu personne, ce qui est souvent le cas dans ce genre de quartier résidentiel. Comme ma visite a eu lieu le dernier dimanche du mois d'août, les occupants étaient peut-être en vacances. La vue limitée m'a empêchée de compter les onze fenêtres, au centre desquelles se trouvait un volet placé seulement pour la symétrie, ce qui avait incité Anaïs à rêver de la chambre inexistante derrière ces battants fermés. La façon dont j'ai regardé à travers le portail fermé était proche de (ou plutôt était vraiment comme) celle d'un voyeur, ce qui m'a valu un regard suspicieux de la

thirty years, the book said to ignite the second-wave feminism. In turning "a beautiful prison" into "a laboratory of the soul" and "writing all that has been left out of women's books for centuries," as Erica Jong put it, Anaïs Nin recorded her life-story in her three-series, seventeen-volume published *Diary* (to be continued, hopefully) and left a queerly poignent, painfully beautiful memory in one's heart.

"An old church" on the hilltop still stands there, as described in the *Diary*[10]. But there was no one inside the Church of Saint Martin on that Sunday afternoon, while in any Parisian church, one can expect a few people at least, even on weekdays, seated, closing their eyes, reading, or saying a prayer. Walking along the long castle walls, over which the head of Madame du Barry's lover was thrown into her garden[11], and through the impressive tree-lined street that Sisley painted[12], one suddenly gains a panoramic view of Paris across the Seine[13].

part d'une autre personne du voisinage[9].

Anaïs aussi raconte que les vieilles femmes soulevaient les rideaux et la regardaient avec insistance lorsqu'elle sortait promener son chien, et que sa mère regardait par la fenêtre, d'un air de déplaisir, sa fille partir fréquemment à Paris. Anaïs Nin a vécu à Louveciennes, qui ressemblait à « la petite ville de province où naît et meurt Mme Bovary », quelques années au cours des années 1930, et elle a déclaré : « contrairement à Mme Bovary, je ne boirai pas de poison », survivant ainsi à Emma Bovary. C'est là qu'elle a écrit son premier livre, sur D.H. Lawrence, « par reconnaissance, parce que c'est lui qui m'a éveillée », survivant ainsi à Edna Pontellier, l'héroïne du roman *L'Éveil* de Kate Chopin. De plus, elle s'est recréée, elle une femme au foyer réservée et refoulée vivant en banlieue, en tant que femme-écrivaine, précédant ainsi de trente ans *La Femme mystifiée* (1963) de Betty Friedan, livre considéré comme élément déclencheur de la deuxième vague féministe. En transformant une « prison magnifique » en « laboratoire de l'âme », et en

11

Address: 2 bis, rue de Montbuisson, Louveciennes

Station: SNCF (Société Nationale des Chemins de fer Français) Transilien ligne L, Louveciennes

« écrivant tout ce qui a été laissé hors des livres de femmes pendant des siècles », comme le dit [l'écrivaine] Erica Jong, Anaïs Nin a raconté l'histoire de sa vie dans son *Journal* publié en trois séries et dix-sept volumes (publication qui n'est pas finie, espérons-le) et a laissé un souvenir singulièrement poignant et terriblement beau dans le cœur des gens.

La « vieille église » sur les hauteurs, décrite dans le *Journal*, est toujours là[*10]. Mais il n'y avait personne ce dimanche après-midi dans l'église Saint-Martin, alors que dans n'importe quelle église parisienne on trouvera quelques personnes, même en semaine, assises, les yeux fermés, lisant, ou bien récitant une prière. En longeant le long mur du château par-dessus lequel la tête de l'amant de Madame du Barry fut jetée dans le jardin[*11], puis en dépassant l'impressionnant chemin bordé d'arbres peint par Sisley[*12], on a tout à coup une vue panoramique sur Paris, de l'autre côté de la Seine[*13].

Adresse : 2 bis, rue de Montbuisson, Louveciennes

Accès : SNCF Transilien ligne L, gare de Louveciennes

Sisley, *Chemin de la Machine, Louveciennes* (1873)

Le Dôme

Le Dôme

[Winter, 1931-32]

Richard Osborn is a lawyer. He had to be consulted on the copyrights of my D. H. Lawrence book. He is trying to be both a Bohemian and a lawyer for a big firm. He likes to leave his office with money in his pocket and go to Montparnasse. He pays for everyone's dinner and drinks. When he is drunk he talks about the novel he is going to write. He gets very little sleep and often arrives at his office the next morning with stains and wrinkles on his suit. As if to detract attention from such details, he talks more volubly and brilliantly than ever, giving his listeners no time to interrupt or respond, so that everyone is saying, "Richard is losing his clients. He cannot stop talking." He acts like a man on a trapeze who must not look down at the public. If he looks below he will fall. He will fall somewhere between his lawyer's office and Montparnasse. No one will know where to look for him for he hides his two faces from all. There are times when he is still asleep in some unknown hotel with an unknown woman when he should be at his office, and other times when he is working late at his office, while his friends are waiting for him at the Café du Dôme.

The Diary of Anaïs Nin, vol. 1, p. 6

At the Vavin crossing of Montparnasse,

[Hiver 1931-1932]

Richard Osborn est un avocat. Il fallait le consulter au sujet de mes droits d'auteur pour mon livre sur D. H. Lawrence. Il essaie d'être à la fois bohème et avocat pour une grosse affaire. Il aime quitter son bureau avec de l'argent en poche et se rendre à Montparnasse. Il paie le dîner de tout le monde et toutes les consommations. Lorsqu'il est ivre il parle du livre qu'il va écrire. Il dort très peu et arrive souvent à son bureau le lendemain matin avec un costume tout chiffonné et couvert de taches. Comme s'il voulait détourner l'attention de ces détails, il est plus volubile et brillant dans ses propos qu'à l'accoutumée, sans laisser le temps à ses auditeurs de l'interrompre ou de répondre, de sorte que tout le monde déclare : « Richard est en train de perdre sa clientèle. Il ne peut s'arrêter de parler. » Il se comporte comme un trapéziste qui ne doit pas regarder le public au-dessous. S'il regarde vers le bas il tombe. Il tombera quelque part entre son cabinet et Montparnasse. Nul ne saura où le chercher car il dissimule ses deux visages à tous. Il lui arrive d'être encore endormi dans quelque hôtel inconnu en compagnie d'une inconnue, alors qu'il devrait être à son bureau, ou bien de travailler tard à son bureau, alors que ses amis l'attendent au café du

there are four long-standing cafés: Le Dôme, La Rotonde, Le Select, and La Coupole. Of them, Le Dôme, established in 1898, has the longest history. Among the list of its patrons, called "Domiers," are a galaxy of names such as Cocteau, Picaso, Pound, Hemingway, and Tsuguharu Léonard Fujita. It is reported that a Japanese avant-garde artist Taro Okamoto, while studying at Sorbonne, first met Bataille here, by whom he was to be deeply influenced. Chances are that Anaïs, Henry—aspiring and unknown—and Osborn, who introduced them to each other, might have encountered those luminaries in the establishment. The café, where penniless (would-be) artists used to fill their stomach for almost nothing, has turned into a high-end restaurant known for its fish cuisine. However, it also remains a Parisian café where you can stay for hours with a cup of espresso or café crème for a couple of euros.

Address: 108 boulevard du Montparnasse 75014 Paris
Station: Métro 4, Vavin

Dôme.

Journal tome 1, pp. 19-20

Au « carrefour Vavin » à Montparnasse sont regroupés quatre cafés historiques : *Le Dôme, La Rotonde, Le Select* et *La Coupole*. Parmi eux, *Le Dôme*, ouvert en 1898, est le plus ancien. Parmi les « Dômiers », les fidèles clients du café, l'on trouve une galaxie de noms tels Cocteau, Picasso, [le poète américain Ezra] Pound, Hemingway ou encore [le peintre japonais] Tsuguharu Léonard Fujita. C'est aussi à cet endroit que l'artiste d'avant-garde japonais Tarō Okamoto, alors étudiant à la Sorbonne, rencontre pour la première fois [Georges] Bataille, qui exercera une profonde influence sur lui. Anaïs et Henry, encore inconnus, ainsi qu'Osborn, qui les présente l'une à l'autre, ont peut-être eux aussi croisé ces personnalités dans l'établissement. Le café, où les (graines d') artistes sans le sou pouvaient autrefois se remplir l'estomac pour presque rien, s'est aujourd'hui transformé en un restaurant de luxe, célèbre pour sa cuisine de poissons. Cependant, cela reste aussi un café parisien où l'on peut s'attarder pendant des heures avec un expresso ou un café crème, pour quelques euros.

Adresse : 108, boulevard du Montparnasse 75014 Paris
Accès : métro ligne 4, Vavin

American Express

American Express

[December 30, 1931]

We met the next day at the American Express. She came in her tailored suit because I had said that I liked it.

She had said that she wanted nothing from me but the perfume I wore and my wine-colored handkerchief. But I reminded her she had promised she would let me buy her sandals.

First of all, I took her to the ladies' room. I opened my bag and took out a pair of sheer black stockings. "Put them on," I said, pleading and apologizing at the same time. She obeyed. Meanwhile I opened a bottle of perfume. "Put some on."[...]

And not knowing what else to say, I spread between us on the seat the wine-colored handkerchief she wanted, my coral earrings, my turquoise ring. It was blood I wanted to lay at June's feet, before June's incredible humility.

The Diary of Anaïs Nin, vol. 1, pp.31-32

American Express, located near the Opéra (Palais Garnier), used to serve as a post office, a bank, and a travel agent all at once, where Americans in Paris received mails, cashed (traveller's) checks, and could even reserve a hotel—a crossroads of money, information, and people, one might say.

June Miller sent her husband to Paris so he

[30 décembre 1931]

Nous nous retrouvâmes le lendemain à l'American Express. Elle portait son costume tailleur parce que j'avais dit qu'il me plaisait.

Elle avait dit qu'elle ne voulait rien de moi que le parfum que je portais et mon mouchoir lie-de-vin. Mais je lui rappelai qu'elle avait promis de me laisser lui offrir des sandales.

Je commençai par l'emmener aux toilettes. J'ouvris mon sac et j'en tirai une paire de bas tout noirs. « Mettez-les », dis-je, implorant et m'excusant tout à la fois. Elle obéit. J'ouvris en même temps un flacon de parfum. « Mettez-en. »[...]

Et ne sachant que dire d'autre, j'étalai entre nous sur la banquette le mouchoir lie-de-vin qu'elle désirait, mes boucles de corail, ma bague de turquoise. C'était du sang que je voulais mettre aux pieds de June, devant l'humilité inouïe de June.

Journal tome 1, pp. 53-55

L'entreprise American Express, située près de l'Opéra (Palais Garnier), permettait autrefois aux États-Uniens de Paris de recevoir du courrier, d'encaisser des chèques (de voyage), de réserver des hôtels, bref elle remplissait à la fois le rôle d'un bureau de poste, d'une banque et d'une agence de voyages. On peut dire que

could be a writer, stayed herself in New York, and then, arrived in Paris one day without notice. Anaïs, having had a series of discussions about this femme fatale with Henry for nights, fell in love with her precipitously. It was a love born of desire for identification—the two women desperately wanting to be each other.

The photograph on page 65 was taken in 2014. When I visited there in the spring of 2018, the building at rue Scribe, which now houses a Japanese fast fashion brand Uniqlo, still carried the "Amarican Express" inscription. However, a man at the exchange office told me that American Express had been shut down three years prior. According to the information on the Internet, it could have been for a security reason or the Troubled Asset Relief Program of the U. S. government. The truth is unknown. In visiting there in the summer of 2018, I found a large sighn denoting "Swiss Tourism" instead of "American Express."

Address: 11 rue Scribe 75009 Paris
Station: Métro 3, 9, Havre-Caumartin; 3, 7, 8, Opéra

c'était comme un carrefour où se croisaient argent, information et gens.

Après avoir envoyé son mari Henry Miller à Paris pour qu'il puisse devenir écrivain, elle-même restant à New York, June arrive un jour à Paris sans prévenir. Anaïs, qui avait déjà eu de nombreuses discussions pendant des nuits avec Henry à propos de cette femme fatale, tombe amoureuse d'elle dès qu'elle la rencontre. C'était un amour né du désir d'identification des deux femmes, chacune brûlant de devenir l'autre.

La photographie de la page 65 a été prise en décembre 2014. Lorsque je me suis rendue là-bas au printemps 2018, l'immeuble de la rue Scribe, dans lequel se trouve maintenant un magasin de la marque japonaise de mode éclair Uniqlo, portait encore l'inscription « American Express ». Toutefois lorsque j'ai interrogé un homme du bureau de change, il m'a répondu qu'American Express avait fermé trois années auparavant. D'après les informations d'internet, il semblerait que cela ait été fait pour raison de sûreté, ou bien suite au Plan Polson (« Troubled Asset Relief Program »), mais la vérité reste inconnue. Lorsque j'y suis retournée à l'été 2018, un grand panneau indiquait « Suisse Tourisme » à la place d'« American Express ».

Adresse : 11, rue Scribe 75009 Paris
Accès : métro lignes 3 et 9, Havre-Caumartin ; lignes 3, 7 et 8, Opéra

14

Le Select

Le Select

[August, 1935]

We are sitting at the Café Select.[...]
Brassaï is never without his camera. His eyes protrude as if from looking too long through a camera lens. He appears not to be observing, but when his eye has caught a person or an object it is as if he became hypnotized.

The Diary of Anaïs Nin, vol. 2, pp.54-55

Le Select, standing across La Coupole on boulevard du Montparnasse, is often mentioned in Hemingway's *The Sun Also Rises*, and in Godard's *À Bout de Souffle* (*Breathless*), the hero played by Jean-Paul Belmondo goes there looking for a friend. Le Select, as well as Le Coupole, bears a sign saying "American Bar." Parisian cafés have not only been a gathering place for French intellectuals such as Sartre and Beauvoir but also the crossroads of (would-be) artists from across the water. On the other hand, Alfred Perlès reports in *My Friend Henry Miller* that the Montparnasse cafés were full of American tourists tumbling out of buses, prostitutes with no sex appeal, and vendors from Morocco or Hungary—quite a vulgar or anarchic space.

Brassaï was a good friend of Henry and Anaïs', photographed both of them, and in his memoir, *Henry Miller: The Paris Years*, displays his insight in depicting the love triangle

[Août 1935]

Nous nous trouvons au café Select.[...]
Brassaï ne se sépare jamais de son appareil photographique. Il a des yeux proéminents comme s'il avait regardé trop longtemps à travers les lentilles d'un appareil. Il a l'air de ne pas observer, mais lorsque son regard attrape une personne ou bien un objet, il est comme hypnotisé.

Journal tome 2, pp. 65-67

Le Select, de l'autre côté de *La Coupole* sur le boulevard du Montparnasse, est souvent mentionné dans *Le soleil se lève aussi* d'Hemingway, et c'est là que le héros d'*À Bout de Souffle* de Godard, interprété par Jean-Paul Belmondo, se rend pour chercher un ami. Comme pour *La Coupole*, on peut y lire sur un panneau : « Bar américain ». Les cafés parisiens n'ont pas seulement servi de lieux de rassemblement pour les intellectuels français, tels Sartre et Beauvoir, mais aussi de carrefours pour les (graines d') artistes venus d'outre Atlantique. D'un autre côté, Alfred Perlès rapporte dans *Mon ami Henry Miller* (*My Friend Henry Miller*) que ces cafés étaient des lieux pleins de touristes états-uniens jaillissant hors de bus, de prostituées sans *sex appeal*, ou encore de vendeurs marocains ou hongrois, bref des espaces assez vulgaires ou anarchiques.

Brassaï était proche d'Anaïs et Henry et les a

Le Select welcomes you seven days a week, and serves you from 7 am to 2 am. See you soon!

including June; he states that the two women might have shared jealousy, and he had no idea how intimate they became beyond the platonic, but Anaïs "fell madly in love with June," they danced "kissing each other on the lips" in nightclubs, and that they at least for a time had a women's bond against Henry. Anaïs, saying that Brassaï observes without appearing to be doing so, must have been a person of keen observation herself.

Address: 99 boulevard du Montparnasse 75014 Paris
Station: Métro 4, Vavin

photographiés tous les deux. Dans son recueil de souvenirs *Henry Miller : les années parisiennes* (*Henry Miller: The Paris Years*), il décrit de façon vivante et avec beaucoup de discernement le triangle amoureux incluant June, estimant que les deux femmes avaient dû partager une certaine jalousie, et que, tout en ne sachant pas jusqu'à quel point les deux femmes étaient devenues intimes au-delà du platonique, il était certain qu'Anaïs était « tombée folle amoureuse de June », qu'elles dansaient « en s'embrassant sur les lèvres » dans les dancings, et que pendant au moins un certain temps elles avaient noué une alliance de femmes contre Henry. Anaïs disait de Brassaï qu'il observait les gens sans en avoir l'air : elle-même était donc une fine observatrice.

Adresse : 99, boulevard du Montparnasse 75014 Paris
Accès : métro ligne 4, Vavin

15

La Rotonde

March, 1932

Yesterday at the Café de la Rotonde Henry told me he had written me a letter which he had torn up. Because it was a crazy letter. A love letter. I received this silently, without surprise. I had sensed it. There is so much warmth between us. But I am unmoved. Deep down. I am afraid of this man, as if in him I had to face all the realities which terrify me.

Henry and June, p. 52

Anaïs Nin met Henry Miller in early December of 1931 when their mutual friend Richard Osborn took him to her home in Louveciennes. Anaïs had just finished writing *D. H. Lawrence: An Unprofessional Study*, and Henry was writing *Tropic of Cancer*. For Anaïs, "all the realities which terrify" her mean that she was not alive, the life she was living as the wife of a banker was equal to death. The two met during their nascent period as writers/persons, and served as catalysts for each other, pushing each other's life to the next stage.

Established in 1903, La Rotonde, one of the legendary cafés on boulevard du Montparnasse, is known for its bright red canopies as well as the fact that Beauvoir was born upstairs in the building. It is told that the owner gave a strict order never to dispel artists who would stay for hours with a cup of café crème. "No

La Rotonde

Mars 1932

Hier, à La Rotonde, Henry m'a dit qu'il m'avait écrit une lettre qu'il avait déchirée. Parce que c'était une lettre folle. Une lettre d'amour. J'ai reçu ces mots en silence, sans surprise. Je l'avais prévu. Il y a tant de chaleur entre nous. Mais je suis troublée. Profondément. J'ai peur de cet homme, comme s'il me confrontait à toutes les réalités qui me terrifient.

Cahiers Secrets (Henry and June), p. 60

Anaïs Nin a rencontré Henry Miller au début de décembre 1931, lorsque leur ami commun Richard Osborn l'a amené chez elle à Louveciennes. Elle venait de terminer l'écriture de *D. H. Lawrence : une étude non professionnelle* (*D. H. Lawrence: An Unprofessional Study*), et Henry était en train d'écrire *Tropique du cancer*. Pour Anaïs, « toutes les réalités qui [la] terrifient » signifient qu'elle n'était pas vivante, que la vie qu'elle menait en tant que femme de banquier était équivalente à la mort. Ils se sont rencontrés au moment où ils naissaient tous les deux en tant qu'écrivains/personnes, et ont joué le rôle de catalyseurs l'un pour l'autre, entraînant leur vie respective vers une nouvelle étape.

Fondé en 1903, *La Rotonde*, un des cafés légendaires du boulevard du Montparnasse, est connu pour ses stores rouge vif, et aussi par le

matter what café in Montparnasse you ask a taxi driver to bring you from the right bank of the river, they always take you to the Rotonde," remarks Jake Barnes in Hemingway's *The Sun Also Rises*.

Address: 105 boulevard du Montparnasse 75006 Paris

Station: Métro 4, Vavin

fait que Beauvoir est née dans un appartement au-dessus. On raconte que le propriétaire a strictement interdit de chasser les artistes qui y resteraient des heures avec un café crème. Voici ce que dit Jake Barnes dans *Le soleil se lève aussi* d'Hemingway : « Quel que soit le café de Montparnasse où vous demandiez à un chauffeur de la rive droite de vous conduire, il vous conduira toujours à la Rotonde. »

Adresse : 105, boulevard du Montparnasse 75006 Paris

Accès : métro ligne 4, Vavin

Hotel Central

[Louveciennes]

[March 9, 1932]

[Henry:]

I did not mean to burn you yesterday—I was lying as in a dream—and so dissolved I could not hear you rising—I clung to a prolongation of that moment. When I think of it now I feel a kind of pain to have burned you—say that you forgive me—it was unconscious.

A Literate Passion: Letters of Anaïs Nin and Henry Miller, p. 20

Three months after they met in Louveciennes and a day before this letter was written, Henry and Anaïs first made love in his room at Hotel Central. "You expected—more brutality?" he is reported to have asked her.

According to Alfred Perlès, the lowest-priced prostitutes in Paris used to walk around in this area. Even now with the Montparnasse Tower and a branch of the Galleries Lafayette, the atmosphere of the old days still remains. The neighborhood is also known for creperies run by Bretons.

The hotel stands in the same place, painted in a slightly different color after the renovation in 2017, but the little triangle square in front must look almost the same as the days when Henry loved to look down on it from his room.

Hôtel Central

[Louveciennes]

[Le 9 mars 1932]

[Henry]

Je n'avais pas l'intention de vous brûler hier – j'étais couchée, comme dans un rêve, et tellement liquéfiée que j'étais incapable de vous entendre vous lever, je voulais m'accrocher à ce moment. Quand j'y pense maintenant, cela me fait mal de vous avoir brûlé – dites-moi que vous me pardonnez – , c'était inconscient.

Correspondance passionnée, p.58

Trois mois après leur rencontre à Louveciennes et la veille de l'écriture de la lettre ci-dessus, Anaïs et Henry ont pour la première fois des relations sexuelles dans la chambre occupée par Henry à l'Hôtel Central. Il lui aurait demandé : « Tu t'attendais à quelque chose de plus violent ? »

Selon Alfred Perlès, les prostituées les moins chères de Paris faisaient le trottoir dans le quartier. De nos jours, bien qu'à proximité de la Tour Montparnasse et d'une succursale des Galeries Lafayette, l'atmosphère de cette époque subsiste encore. Le quartier est aussi connu pour ses crêperies tenues par des Bretons.

L'hôtel est toujours ouvert au même endroit, peint d'une couleur un peu différente suite à sa rénovation en 2017, mais le petit square triangulaire sur le devant doit être pra-

Address: 1 bis rue du Maine 75014 Paris

Station: Métro 4, 6, 12, 13, Montparnasse - Bienvenüe

tiquement le même qu'à l'époque où Henry adorait le regarder du haut de sa chambre.

Adresse : 1 bis, rue du Maine 75014 Paris

Accès : métro lignes 4, 6, 12 et 13,

Montparnasse - Bienvenüe

Apartment in Clichy

[April, 1932]

We were sitting in the kitchen of their new home. Fred works for the *Tribune* and he took this small workman's apartment in a workman's quarter, Clichy, next door to Montmartre and the Place Blanche.[...] This is a sort of housewarming. Henry is opening a bottle of wine. Fred is tossing a salad.

The Diary of Anaïs Nin, vol. 1, p. 62

Henry Miller's *Quiet Days in Clichy* is based on the days the writer spent in the outskirts of Paris. As Anaïs writes, it has long been a workman's quarter, nowadays an immigrant's quarter as well (Be careful: Henry's favorite café Wepler is at another station, Place de Clichy, in Paris). Anaïs' description continues that it is such a small apartment that thin walls let noises come through. However, seen from outside, at least, there was nothing particularly shabby about it. Rather, it looked like a fine building. Fred [Alfred Perlès] let Henry sneak into his hotel room and gave him a proof-reading job at the *Chicago Tribune*—a true "bosom buddy." Anaïs had a harsh opinion, on the other hand, calling him "Henry's clown." Among the threesome, there might have been "triangular desire" of a subtle sort. Anaïs made Perlès rewrite *My Friend Henry Miller*, fearing her relationship with Henry would become public.

Appartement à Clichy

[Avril 1932]

Nous étions assis dans la cuisine de leur nouvel appartement. Fred travaille au *Tribune* et il a pris ce petit logement ouvrier dans un quartier ouvrier, Clichy, à deux pas de Montmartre et de la Place Blanche.[...] C'est un peu une pendaison de crémaillère. Henry débouche une bouteille de vin. Fred secoue la salade.

Journal tome 1, p. 96

L'ouvrage *Jours tranquilles à Clichy* de Henry Miller est basé sur les jours que l'écrivain a passés à la périphérie de Paris. Comme Anaïs l'écrit, la ville de Clichy est depuis longtemps une ville ouvrière, et les immigrés y sont aujourd'hui nombreux. (Attention : le café favori de Henry, le *Wepler*, se trouve près d'une autre station de métro, Place de Clichy, dans Paris.) Anaïs continue sa description en écrivant qu'il s'agit d'un appartement si petit que les murs fins laissent passer les sons à travers. Toutefois vu de l'extérieur l'immeuble ne paraissait pas miteux. Au contraire il avait l'air plutôt beau. Fred [Alfred Perlès] laissait Henry entrer en cachette dans sa chambre d'hôtel et lui trouve même un travail de correcteur au *Chicago Tribune* : un véritable « ami intime ». Par contre Anaïs en avait une opinion sévère, le considérant comme le « bouffon de Henry ». Entre eux trois, il se peut qu'il ait existé une sorte de

Henry himself called the two years in Clichy with Perlès "a stretch in Paradise." They rented the apartment together because it cost less than taking two separate rooms at Hotel Central. Apart from the economic reason, some suggest that Henry chose Clichy because Céline—the writer he admired—wrote *Journey to the End of the Night* while working as a doctor at a public dispensary there.

Address: 4 avenue Anatole France, Clichy
Station: Métro 13, 14, Porte de Clichy

« triangle de désir » subtil. Anaïs a fait réécrire à Perlès *Mon ami Henry Miller*, par crainte de voir sa relation avec Henry rendue publique. Henry lui-même a appelé ces deux années passées à Clichy avec Perlès « une période au paradis ». Ils avaient loué l'appartement ensemble parce que cela revenait moins cher que de prendre deux chambres à l'Hôtel Central. En plus des raisons financières, certains suggèrent que Henry a choisi Clichy parce que Céline, l'auteur qu'il admirait, a écrit *Voyage au bout de la nuit* pendant qu'il y travaillait comme médecin dans un dispensaire public.

Adresse : 4, avenue Anatole France, Clichy
Accès : métro lignes 13 et 14, Porte de Clichy

18

Apartment at Villa Seurat

[September, 1934]

Henry and I are walking down the Rue de la Tombe Issoire, on the way to see the plumber and the pillow-cleaner. Henry is moving into the studio of the Villa Seurat. We are all helping to paint, to hammer, to hang up pictures, to clean. The studio room is large, with its skylight window giving it space and height. A small closet kitchen is built in under the balcony, where some people like to store away paintings, etc. A ladder leads up to it. The window opens on a roof terrace, which connects with the terrace of the studio next door. The bedroom is on the right-hand side of the entrance, with a bathroom. It has a balcony which gives on the Villa Seurat. One can see trees, and the small façades of the pink, green, yellow, ochre villas across the way.

The Diary of Anaïs Nin, vol. 1, p. 350

Anaïs writes, following the quote, that she found photographs of Artaud while cleaning the closet. According to Brasaï's memoir *Henry Miller: The Paris Years*, Dali and Chagall used to live there, too. Villa Seurat, named after the painter Georges Seurat, has been an artists' beloved alley. When I visited the place, a man came out of the building—Mr. Bruno Abraham Kremer, an actor and founder-director of Théâtre de l'invisible. Mr. Bruno, rushing to a

Appartement Villa Seurat

[Septembre 1934]

Henry et moi descendons la rue de la Tombe-Issoire pour aller chez le plombier et le teinturier. Il emménage Villa Seurat. Nous l'aidons tous à peindre, à donner des coups de marteau, à nettoyer, à suspendre des tableaux. La pièce qui sert d'atelier est grande et la verrière donne de l'espace et de la hauteur. Une petite cuisine a été aménagée sous la loggia, là où les peintres ont l'habitude d'entasser des tableaux, etc. On y monte par une échelle. La fenêtre donne sur une terrasse communiquant avec celle de l'atelier voisin. La chambre est à droite de l'entrée, avec une salle de bain. Elle a un balcon qui donne sur la Villa Seurat. On voit des arbres et en face les petites façades roses, vertes, jaunes ou ocres des villas de l'autre côté.

Journal tome 1, p. 493

A la suite de la citation ci-dessus, Anaïs écrit qu'en faisant le ménage du placard, elle a trouvé des photographies d'Artaud. D'après Brassaï dans *Henry Miller : les années parisiennes*, Dali et Chagall avaient aussi compté parmi les résidents, ce qui laisse à penser que cette voie dont le nom provient du peintre Georges Seurat était appréciée des artistes. Lorsque je suis allée visiter la Villa, un homme sortait de l'immeuble : c'était M. Bruno Abraham-Kremer, acteur

theater on a motorcycle, looked proud when he told me that he lives in Henry Miller's studio, the right-side room on the second floor.

The fourteenth arrondisement, embracing Montparnasse, has a distinct bohemian feel to it. This mysterious cul-de-sac, in particular, may sustain the aura of the days of Henry and Artaud. In the age of global tourism and industrialization, Villa Seurat, standing quietly in the quaint little corner of Paris, may deserve the name of a hidden treasure of the 21st century (Such an exaggerated wording does not become it, though).

In 1930, Henry started writing *Tropics of Cancer* in Michael Frankel's room in the right-side room on the first floor here. Four years later, *Cancer* was published with the preface by Anaïs Nin on the same day that he moved into a room upstairs, which Anaïs rented for Henry.

Address: 18 Villa Seurat 75014 Paris

Station: Métro 4, Alésia

et fondateur-directeur artistique du Théâtre de l'Invisible. Tout en se dépêchant vers sa moto pour se rendre dans un théâtre, il m'apprit avec une certaine fierté qu'il vivait dans le studio de Henry Miller, au deuxième étage à droite.

Le 14ᵉ arrondissement, où se trouve Montparnasse, dégage une indéniable atmosphère de Bohème. Ce mystérieux cul-de-sac, en particulier, semble garder des traces de cette atmosphère de l'époque de Henry et Artaud. A notre époque de tourisme et d'industrialisation à l'échelle mondiale, la Villa Seurat, calmement blottie dans un coin pittoresque de Paris, peut mériter le nom de trésor caché de la ville au XXIᵉ siècle (Une formulation aussi exagérée n'est cependant sans doute pas adéquate.)

En 1930, Henry commence à écrire *Tropique du Cancer* dans la chambre de son ami Michael Frankel, au rez-de-chaussée à droite. Quatre ans plus tard, le livre est publié avec la préface d'Anaïs Nin le jour où Henry emménage dans un appartement au-dessus, qu'Anaïs avait loué pour lui.

Adresse : 18, Villa Seurat 75014 Paris

Accès : métro ligne 4, Alésia

La Coupole

La Coupole

[June, 1933]

At the Coupole, we kissed, and I invented for him the story that I was a divided being, could not love humanly and imaginatively both at the same time. I expanded the story of my split. "I love the poet in you."

This touched him, and did not hurt his pride. [...] "I have never seen a woman look so much like a spirit, yet you are warm. Everything about you frightened me, the enormous eyes, exaggerated eyes, impossible eyes, impossibly clear, transparent; there seemed to be no mystery in them, one thought one could look through them, through you immediately, and yet there are endless mysteries under that clarity, behind those naked, fairy-tale eyes..."

The Diary of Anaïs Nin, vol. 1, pp.228-89

It was a psychoanalyst René Allendy who introduced Anaïs to Antonin Artaud, the founder/actor of "the Theater of Cruelty," a monk in Dreyer's film *The Passion of Jeanne d'Arc* (1927), a poet, a philosopher, and a lunatic. As Allendy said that Anaïs reminded him of Artaud, the two felt spiritual kinship and were profoundly attracted to each other. Yet Anaïs writes in the *Diary* that being kissed by Artaud was like being drawn towards death and insanity. A protagonist in her novelette, "Je suis le plus malade des surréalistes (I am the sickest of

[Juin 1933]

À la Coupole nous nous sommes embrassés, et j'ai inventé pour lui que j'étais un être divisé, ne pouvant aimer à la fois d'un amour humain et d'un amour spirituel. Je développai l'histoire de ce dédoublement : « J'aime en vous le poète. »

Ceci le toucha sans blesser son orgueil. « [...] Je n'ai jamais vu une femme qui ressemble autant à un esprit, et pourtant vous êtes chaleureuse. Tout en vous me faisait peur, vos yeux énormes, des yeux exagérés, des yeux invraisemblables, d'une clarté, d'une transparence invraisemblable, il semblait n'y avoir en eux aucun mystère, on avait l'impression de pouvoir regarder à travers, d'un seul coup à travers vous, et pourtant il y a des mystères sans fin derrière cette clarté, derrière ces yeux nus de conte de fées... »

Journal tome 1, p. 329

C'est le psychanalyste René Allendy qui a présenté Anaïs à Antonin Artaud, inventeur et acteur du « théâtre de la cruauté », moine dans le film *La Passion de Jeanne d'Arc* de [Carl Theodor] Dreyer (1927), poète, philosophe, esprit lunatique. Comme Allendy avait dit qu'Anaïs lui rappelait Artaud, les deux ressentent une affinité spirituelle et se trouvent fortement attirés l'un par l'autre. Pourtant Anaïs note dans

surrealists)," begs a man supposedly modeled on Artaud: "Brother, brother, I have such a deep love for you, but do not touch me." It was insightful of Anaïs, in a sense, to seek only a spiritual bond with Artaud and to evade physical contact. However, the *Diary's* entry, describing their wandering through Paris together during their short honeymoon period, is filled with near-mystic euphoria, as if the two souls flew out of their bodies and looked down on themselves from above.

Legend has it that three thousand people were invited to La Coupole's opening party, and that two thousand bottles of champagne were opened. Anaïs Nin, Henry Miller, and Lawrence Durrell, enjoying friendly rivalry as aspiring expatriates in Paris, called themselves "the three musketeers of La Coupole." Incidentally, La Coupole, meaning "the inside of a round roof" couples nicely with Le Dôme on the same boulevard, meaning "the outside of a round roof."

Address: 102 boulevard du Montparnasse 75014 Paris

Station: Métro 4, Vavin

son *Journal* que se faire embrasser par Artaud lui avait donné l'impression d'être entraînée vers la mort, la folie. Un protagoniste de sa nouvelle « Je suis le plus malade des surréalistes » supplie ainsi un personnage dont Artaud a servi de modèle : « Mon frère, mon frère, dis-je, je vous aime profondément, mais ne me touchez pas. » Ce n'est donc pas sans discernement qu'Anaïs a choisi d'éviter les contacts charnels avec Artaud, pour ne garder que les liens spirituels. Toutefois, la description dans le *Journal* de leurs vagabondages à travers la ville pendant leur courte période de lune de miel, est pleine d'une euphorie quasi-mystique, comme si leurs âmes étaient sorties de leurs corps et les regardaient d'en haut.

La légende veut que trois mille personnes aient été invitées à la fête le jour de l'ouverture de *La Coupole*, en 1927, et que deux mille bouteilles de champagne aient été ouvertes en une nuit. Anaïs Nin, Henry Miller et Lawrence Durrell, exilés littéraires à Paris se stimulant amicalement les uns les autres, aimaient s'appeler « les trois mousquetaires de *La Coupole* ». Remarquons en passant que *La Coupole*, qui signifie « l'intérieur d'un toit rond » se marie de façon amusante avec *Le Dôme* (« l'extérieur d'un toit rond ») situé sur le même boulevard.

Adresse : 102, boulevard du Montparnasse 75014 Paris

Accès : métro ligne 4, Vavin

Louvre Museum

Musée du Louvre

[June, 1933]

Artaud's letter:

I have brought many people, men and women, to see the marvelous painting ["Lot and His Daughter"] but it is the first time I have seen an artistic reaction move a being and make it vibrate like love. Your senses trembled, and I realized that, in you, the body and the spirit are completely welded, if a pure spiritual impression can stir up such a storm in you.

The Diary of Anaïs Nin, vol. 1, p. 232

"Lot and his Daughter[s]," based on a fable in the Book of Genesis, has been the subject of many paintings. The one at the Louvre Museum that Artaud mentions was occasionally attributed to Lucas van Leyden, but Louvre classifies it as anonymous.

The fable in the Book of Genesis is as follows: Lot, having heard from angels that Yahweh would destroy the corrupt city of Sodom, escapes with his wife and two daughters. The wife did not follow the angels' command never to look back, and turned to a pillar of salt. Lot and his daughters hid themselves in a cave. The two daughters, afraid that their lineage might be extinct, made their father drunk, seduced him, and became impregnated by their father.

Artaud staged *The Centi*, a play of father-daughter incest, and loved "Lot and his

[Juin 1933]

Lettre d'Artaud :

J'ai amené beaucoup de gens, hommes et femmes devant la merveilleuse toile [Les Filles de Loth], mais c'est la première fois que j'ai vu une émotion artistique toucher un être et le faire palpiter comme l'amour. Vos sens ont tremblé, et je me suis rendu compte qu'en vous le corps et l'esprit étaient formidablement liés, puisqu'une pure impression spirituelle pouvait déchaîner dans votre organisme un orage aussi puissant.

Journal tome 1, p. 334

« Les Filles de Loth », inspiré d'une fable de la Genèse, a servi de thème à de nombreux peintres. Le tableau dont parle ici Artaud, au Musée du Louvre, a longtemps été attribué à Lucas van Leyden, mais le musée le classe comme œuvre anonyme.

Voici en quoi consiste cette fable de la Genèse. Loth, ayant entendu dire par des anges que Yahvé allait détruire la ville décadente de Sodome, s'enfuit de la ville avec sa femme et leur deux filles. L'épouse de Loth ne suit pas l'ordre des anges disant de ne jamais se retourner, et est changée en colonne de sel. Loth et ses deux filles se cachent dans une grotte, et les deux filles, effrayées que leur lignée puisse s'éteindre, enivrent leur père et le séduisent, se retrouvant finalement enceintes.

Daughter[s]." As an artist obsessed with incest, he shared the same sensibility as Anaïs (Incest can be crucial for artists because it deals with the origin, as Kristeva defines a poet as Oedipus committing incest). Nevertheless, Artaud accused Anaïs of being "impure," doubting her relationship with her father. Men can fall in love with goddesses and heroines who love their fathers or brothers, but to real women, they hurl moral judgments. Realizing Artaud's double standard, Anaïs left her double, spiritual brother.

Address: rue de Rivoli 75001 Paris
Station: Métro 1, 7, Palais-Royal - Museé du Louvre

Artaud a mis en scène la pièce *Les Cenci*, qui dépeint une relation incestueuse entre un père et sa fille, et admirait « Les Filles de Loth ». Artiste obsédé par l'inceste, il partageait la même sensibilité qu'Anaïs. (L'inceste peut être essentiel pour les artistes, car il a un rapport avec la question des origines, [la linguiste Julia] Kristeva définissant un poète comme un Œdipe qui commet un inceste.) Cependant Artaud a reproché à Anaïs d'être « souillée », ayant émis des doutes sur sa relation avec son père. Les hommes peuvent tomber amoureux de déesses ou d'héroïnes qui aiment leur père ou leur(s) frère(s), mais quand il s'agit de femmes réelles, ils leur adressent des jugements moraux. S'apercevant du deux poids, deux mesures d'Artaud, Anaïs quitte alors son double, son grand frère spirituel.

Adresse : rue de Rivoli 75001 Paris
Accès : métro lignes 1 et 7, Palais-Royal -
Musée du Louvre

Anonymous, *Lot and His Daughters* (circa 1517)
Anonyme, *Lot et ses filles*

Café de Flore

Café de Flore

[April, 1940]
One story begins when I am sitting at The Café Flore and I see an advertisement in the paper: Houseboat for rent.

The Diary of Anaïs Nin, vol. 3, p. 29

[Avril 1940]
L'une des histoires commence lorsque je suis au Café de Flore et vois une petite annonce dans le journal : Bateau à louer.

Journal tome 3, p. 50

September 26, 1936
Our bedroom. Smell of tar.[...]We kiss, laugh, marvel, kiss, marvel, kiss, marvel. At last out of the world. At last we have stepped off the earth, out of Paris, cafés, away from friends, husbands, wives, from streets, houses, the Dôme, Villa Seurat. We stepped off the earth into water. We are on the ship of our dreams. Alone.

Fire: From "A Journal of Love" The Unexpurgated Diary of Anaïs Nin, 1934-1937, p. 308

26 septembre 1936
Notre chambre. Odeur de goudron. [...] Nous nous embrassons, nous rions, émerveillés, nous rions, nous nous embrassons, émerveillés. Enfin hors du monde. Nous avons enfin quitté la terre, Paris, les cafés, les amis, les maris, les femmes, les rues, le Dôme, la Villa Seurat. Nous avons quitté la terre pour vivre dans l'eau. Nous sommes sur le vaisseau de nos rêves.

Le Feu: Journal inédit et non expurgé des années 1934-1937, p. 389

Anaïs found an advertisement for a houseboat at Café de Flore, one of the two renowned cafés in Saint-Germain-des-Pres alongside Les Deux Magots. Established in 1887, its second floor is said to have been used by Sartre as a study. In 1936, Anaïs rented a houseboat named "Nanankepichu" ("Not a home" in South American Kechuan language), in 1938 "La Belle Aurore" (The Beautiful Dawn), and moored them at quai des Tuileries—in the edited *Diary,* episodes of the two houseboats are compressed into one. They became, as she writes, the bedroom that she shared with Gon-

Anaïs trouve une annonce pour une péniche dans un journal au *Café de Flore*, un des deux cafés renommés de Saint-Germain-des-Prés avec *Les Deux Magots*. Ouvert en 1887, le café est aussi célèbre car son premier étage aurait servi de bureau à Sartre. En 1936, Anaïs loue une péniche appelée « Nanankepichu » (ce qui signifie « Non-maison » en langue quechua d'Amérique du Sud). Puis en 1938 elle loue « La Belle Aurore », et les amarre au Quai des Tuileries (dans la version remaniée du *Journal*, les anecdotes concernant les deux péniches sont

The Seine at quai des Tuileries where Anais moored her houseboat.
La Seine au quai des Tuileries où Anaïs amarrait sa péniche.

zalo Moré, a political assembly room in which Gonzalo was a leader, and a shelter for those who escaped from Spain under Franco.

In a story entitled "Houseboat" in *Under a Glass Bell*, Anaïs writes sympathetically about those "who refused to obey"—tramps, beggars, prostitutes, and a woman who drowned herself in the Seine. She told Dr. Inge Bogner, a female psychoanalyst in New York, that when she imagined the most favorable life for her, it was the bohemian life on the houseboat in Paris. When she revisited Paris in 1954, she went in search of "La Belle Aurore" to Neuilly, only to return in vain. For Anaïs, a houseboat on the Seine may have represented a vehicle to leave the earth and get outside of the world, something that resembles a raft on the Mississippi for Huck and Jim.

Address: 172 boulevard Saint-Germain 75006 Paris

Station: Métro 4, Saint-Germain-des-Prés

rassemblées). Elles deviennent, comme elle l'écrit, la chambre à coucher qu'elle partage avec [le journaliste péruvien] Gonzalo Moré, l'endroit où il menait ses meetings politiques, ainsi qu'un refuge pour des Espagnols ayant fui Franco.

Dans une histoire intitulée « La péniche » du recueil *La Cloche de verre* (*Under a Glass Bell*), Anaïs décrit avec sympathie « ceux qui ont refusé d'obéir » : les clochards, les mendiants, les prostituées, une femme qui s'est noyée dans la Seine. Elle déclare à la psychanalyste [Inge] Bogner à New York que lorsqu'elle imaginait la vie la meilleure pour elle, c'était la vie de Bohème sur une péniche à Paris. Quand elle retourne à Paris en 1954, elle va jusqu'à Neuilly à la recherche de « La Belle Aurore », mais en vain. Pour Anaïs, la péniche sur la Seine représentait peut-être un véhicule lui permettant de quitter la Terre et de s'évader hors du monde, quelque chose de similaire à un radeau sur le Mississippi pour Huckleberry Finn et Jim.

Adresse : 172, boulevard Saint-Germain 75006 Paris

Accès : métro ligne 4, Saint-Germain-des-Prés

22

Les Deux Magots

Les Deux Magots

[Spring, 1960]
I met Kenneth Anger at the Deux Magots. He told me he was filming the life of Marquis de Sade in the actual castle of Sologne for Prince Ruspoli.

The Diary of Anaïs Nin, vol. 6, p. 231

[Printemps 1960]
J'ai retrouvé Kenneth Anger aux Deux Magots. Il m'a raconté qu'il tournait un film sur la vie du marquis de Sade dans le vrai château en Sologne, pour le prince Ruspoli.

Journal tome 6, p. 341

Les Deux Magots started as a novelty shop in the early nineteenth century. After changing into a café in 1885, it was frequented by Mallarme, Verlaine, and Rimbaud, to name but a few, and in the twentieth century, it was loved by a number of surrealists and existentialists. The two Chinese figurines (i.e. Les Deux Magots) have been watching customers through its history.

Following Maya Deren's *Ritual in Transfigured Time* (1946), Anaïs took part in Anger's *Inauguration of the Pleasure Dome* (1954), playing Astarte, the goddess of light. Anaïs in reality played the role of "goddess" for young, talented gay artists such as Anger. As Sumiko Yagawa, a Japanese writer/translator, called Anaïs "father's daughter," she pursued relationship with the father (figures) throughout her life. Especially in her later life, however, she was in favor of sensitive men whom she called "transparent children," while disfavoring the father's authority and rigidity. One might feel hesitant to call Anger "a transparent child" whose works are considered to be queer, per-

Les Deux Magots était au moment de son ouverture, au début du XIXᵉ siècle, un magasin de nouveautés. En 1885 le magasin devient un café, que fréquentent Mallarmé, Verlaine ou encore Rimbaud, et il est apprécié au XXᵉ siècle par de nombreux surréalistes et existentialistes. Les deux figurines chinoises (les « Deux Magots ») ont veillé sur les clients tout au long de l'histoire de l'établissement.

Après *Ritual in Transfigured Time* (*Rituel dans un temps transfiguré*) de Maya Deren (1946), Anaïs tourne dans *Inauguration of the Pleasure Dome* (*Inauguration du dôme du plaisir*) de Kenneth Anger (1954), jouant le rôle de la déesse de la lumière Astarté. Anaïs joue dans la réalité le rôle de « déesse » pour de jeunes artistes homosexuels talentueux tels Anger. L'écrivaine et traductrice japonaise Sumiko Yagawa a appelé Anaïs « la fille du père », voulant montrer par-là qu'elle a poursuivi tout au long de sa vie une relation avec le père (ou la figure paternelle). Cependant, dans la deuxième partie de sa vie surtout, elle en vient à détester l'autorité, la rigidité paternelles, et

verse, or satanic. However, Anger, an avid reader of Anaïs as early as in the forties when they first met, escorted her to an expensive Russian restaurant, spending a week's salary. Anger felt affinity with the woman writer who was known only in a limited circle while Anaïs, in watching his early short film *Fireworks*, recognized his talent as an artist, being revolted at sadism and violence at the same time.

The sixth arrondisement, where Les Deux Magots is based, is in partnership with Tokyo's Shibuya ward. That is why the one and only branch as well as the literary award bearing the shop's name exists in Japan.

Address: 6 place Saint-Germain-des-Prés 75006 Paris

Station: Métro 4, Saint-Germain-des-Prés

commence à favoriser de jeunes hommes sensibles qu'elle appelait des « enfants transparents ». Beaucoup hésiteraient sans doute à qualifier Anger, dont les œuvres sont considérées *queer*, perverses ou sataniques, d'« enfant transparent ». Cependant, Anger, qui était déjà un lecteur passionné d'Anaïs lorsqu'il la rencontre dans les années 40, l'invite dans un luxueux restaurant russe où il dépense une semaine de salaire. Anger a ressenti une affinité avec cette écrivaine connue seulement d'un cercle restreint, tandis qu'Anaïs, après avoir vu son premier court-métrage *Feux d'artifice* (*Fireworks*), reconnaissait son talent artistique, tout en étant en même temps révoltée par le sadisme et la violence.

Le sixième arrondissement de Paris, où se trouve *Les Deux Magots*, a un partenariat avec l'arrondissement de Shibuya à Tokyo, ce qui fait que le seul autre café au monde, de même que le prix littéraire associé, portant le nom *Les Deux Magots*, se trouve au Japon.

Adresse : 6, place Saint-Germain-des-Prés 75006 Paris

Accès : métro ligne 4, Saint-Germain-des-Prés

Simone de Beauvoir.

René Allendy's Office/ Residence

Cabinet - résidence de René Allendy

[April, 1932]

Today, for the first time, I rang the bell of Dr. Allendy's house. I was led by a maid through a dark hallway into a dark salon. The dark brown walls, the brown velvet chairs, the dark red rug received me like a quiet tomb, and I shivered. The only light came from a greenhouse on which it opened. It was filled with tropical plants, surrounding a small pool with goldfish in it. A pebble path circled the pool. The sun filtered through the green leaves gave a subdued greenish light, as if I were at the bottom of the ocean. It seemed apt to leave ordinary daylight behind for the exploration of submerged worlds.

The Diary of Anaïs Nin, vol. 1, p. 75

It was her cousin Eduardo Sánchez who taught Anaïs psychoanalysis. He was also one of her early loves, but it was never consummated partly because he was gay. In a *Diary* entry in May 1928, she expresses her confusion at Eduardo's confession that he was being psychoanalyzed. Four years later, she visited René Allendy's office at the age of twenty-nine, and never let go of psychoanalysis till the end of her life.

Allendy, one of the founding members of the Psychoanalytic Society of Paris alongside Marie Bonaparte, was Artaud's analyst as well (Mr. and Mrs. Allendy contributed greatly to

[Avril 1932]

Aujourd'hui, pour la première fois, j'ai sonné à la porte du docteur Allendy. Une femme de chambre m'a fait traverser un sombre vestibule et m'a fait entrer dans un salon sombre. Les murs brun sombre, les sièges de velours marron, le tapis rouge sombre m'ont accueillie comme un tombeau tranquille, et j'ai frissonné. Le jour n'arrivait que par une serre sur laquelle donnait le salon. Elle était remplie de plantes tropicales disposées autour d'un petit bassin avec des poissons rouges. Le bassin était entouré d'un chemin de galets. Le soleil qui filtrait à travers les feuilles vertes donnait une lumière glauque tamisée, comme si j'avais été au fond de l'océan. Il paraissait normal de quitter la lumière du jour pour partir explorer des mondes submergés.

Journal tome 1, p. 115

C'est Eduardo Sánchez, son cousin, qui enseigne le premier à Anaïs la psychanalyse. Il a aussi été un de ses premiers amours, mais qui n'a jamais été consommé en partie parce qu'Eduardo était homosexuel. Dans son *Journal*, en mai 1928, Anaïs écrit qu'elle ne peut cacher sa confusion suite à la confession d'Eduardo lui avouant qu'il a commencé une psychanalyse. Quatre années plus tard, à l'âge de 29 ans, elle se rend au cabinet de René Allendy et

Dr. René Allendy

Antonin Artaud

Artaud's theatrical activities). Anaïs came to trust Allendy, who accurately pointed out her "lack of confidence." She told him that it might have come from her recognition of not being mature as a woman and showed her girlish breast in an ambiguous act of confession/seduction. As soon as the doctor began to be controling and oppressive, she mocked him as "the simple pattern maker."

For Anaïs, who recommended young writers to have either a love affair or analysis because they put one in touch with one's creativity, psychoanalysis, as well as the *Diary*, must have been an indispensable device both as artist and person. The way she defies "the rules of the game" in her usual manner suits "Imagy," who is devoted to imagination.

When I visited there in 2014, the three-story house, part of which Allendy had used as his office, was a building for rent. Among one of the nameplates was an analyst's office, again, and a cram school for Japanese pupils.

Address: 67 rue d'Assomption 75016 Paris

Station: Métro 9, Ranelagh

à compter de cette date elle ne lâchera plus la psychanalyse jusqu'à la fin de sa vie.

Allendy, l'un des fondateurs de la Société psychanalytique de Paris avec Marie Bonaparte entre autres, fut aussi le psychanalyste d'Artaud (le couple Allendy a aussi grandement contribué aux activités théâtrales d'Artaud). Anaïs en vient à faire confiance à Allendy, lequel avait visé juste en lui faisant remarquer son « manque de confiance en soi ». Elle lui dit que cela provenait peut-être du fait qu'elle reconnaissait son immaturité en tant que femme, lui montrant sa poitrine pas plus développée que celle d'une jeune fille, dans un acte ambigu de confession / séduction. Dès que le praticien commence à montrer une volonté de contrôle et d'oppression, elle se moque de lui, le raillant d'être « une personne ne pouvant faire que des choses rentrant dans des moules simples ».

Pour Anaïs, qui conseillait aux jeunes écrivains soit d'avoir une relation amoureuse soit de faire une psychanalyse, les deux permettant de se confronter à sa propre créativité, la psychanalyse a dû être un dispositif indispensable, comme l'a été son *Journal*, tant d'un point de vue artistique que personnel. La façon dont elle défie « les règles du jeu » selon sa façon habituelle convient bien à « Imagy », dévouée à l'imagination.

Lorsque je m'y suis rendue en 2014, la maison de deux étages où Allendy avait son cabinet était un immeuble à louer. Parmi les plaques se trouvait celle d'un psychanalyste, de nouveau, ainsi que celle d'une boîte de bachotage pour élèves japonais.

Adresse : 67, rue de l'Assomption 75016 Paris

Accès : métro ligne 9, Ranelagh

Otto Rank's Office/Residence

Cabinet - résidence d'Otto Rank

[November, 1933]

It was a foggy afternoon that I decided to call on Dr. Rank. At the subway station near his home, there was a small park with benches. I sat down on one of them to prepare myself for the visit. I felt that from such an abundance of life, I must make a selection of what might interest him. He had made a specialty of the "artist." He was interested in the artist. Would he be interested in a woman who had lived out all the themes he wrote about, the Double, Illusion and Reality, Incestuous Loves Through Literature, Creation and Play. All the myths (return to the father after many adventures and obstacles), all the dreams. I had lived out the entire contents of his profound studies so impetuously that I had no time to understand them, to sift them. I was confused and lost. In trying to live out all of my selves...

The Diary of Anaïs Nin, vol. 1, pp. 269-70

It is true that the themes Otto Rank pursued as a psychoanalyst closely overlap with the stories Anaïs Nin lived in her life. Their encounter, therefore, resulted in chemistry. In the *Diary* we witness how the doctor and patient with equal intellect and insight confront and confide in each other. Anaïs had a genius for inevitable encounters, and this short, goggle-eyed doctor with a heavy German accent was one of

[Novembre 1933]

Je me décidai à téléphoner [Il s'agit d'une erreur de traduction, la version originale en anglais indiquant "call on", qu'il faudrait traduire plutôt par « rendre visite », et non « appeler / téléphoner » (anglais : "to call") (N.d.A.).] au docteur Rank par un après-midi de brouillard. À la sortie du métro, à côté de chez lui, il y avait un petit parc avec des bancs. Je m'y assis pour me préparer à la rencontre.

Je sentais que dans une telle abondance de vie il me fallait opérer ce qui pourrait l'intéresser. Il s'était fait une spécialité de « l'artiste ». Il s'intéressait à l'artiste. S'intéresserait-il à une femme qui avait vécu tous les thèmes sur lesquels il écrivait, le Double, Illusion et Réalité, Amours Incestueux à travers la Littérature, Jeu et Création. Tous les mythes (retour au père après de multiples aventures et obstacles), tous les rêves. J'avais vécu si impétueusement tout le contenu de ses études pénétrantes que je n'avais pas eu le temps de le comprendre, de l'examiner. J'étais perdue, désorientée. En essayant de vivre toutes mes identités...

Journal tome 1, p. 385

Il est vrai que les thèmes qu'a poursuivis Otto Rank en tant que psychanalyste se superposent tout à fait avec les histoires vécues par

her precious doubles.

The building that housed Rank's office and residence stands on the same street as the Marmottan Monet Museum known for its impressionist collection.

Address: 9 rue Louis Boilly 75016 Paris
Station: Métro 9, Ranelagh/La Muette

Anaïs Nin. Leur rencontre, par conséquent, a entraîné des affinités. Dans le *Journal*, nous sommes témoins de la façon dont le praticien et la patiente, avec une égale intelligence et perspicacité, se font face et se confient l'un à l'autre. Anaïs avait un don pour les rencontres inévitables, et ce petit docteur aux yeux ronds, avec son accent allemand très marqué, a été pour elle un alter ego précieux.

L'immeuble qui abritait le cabinet et la maison de Rank se trouve dans la même rue que le musée Marmottan Monet, connu pour sa collection d'œuvres impressionnistes.

Adresse : 9, rue Louis Boilly 75016 Paris
Accès : métro ligne 9, Ranelagh ou La Muette

Apartment at Quai de Passy

Appartement quai de Passy

[August, 1936]

Quai de Passy is on the edge of the aristocratic quarter, near a bridge which carries me to the Left Bank, to Montparnasse where Gonzalo lives, to Denfert-Rochereau where Henry lives. The subway carries us back and forth across the river, the poor, the rich, at all hours of the day.

The Diary of Anaïs Nin, vol. 2, p. 108

Leaving Louveciennes where they had spent five years, the Guilers moved back to Paris. Anaïs' selection of the adjective "aristocratic" is not a metaphor. According to Dora Tauzin's book of essays, *A Parisienne Walks around Twenty Arrondisements in Paris*, quite a few residents in the sixteenth arrondissement, where Passy is located, are descendants of aristocratic families or belong to the upper bourgeois class. It is a global phenomenon that a class determines where you live, but walking around this area, one realizes that it is quite visible that there is a certain homogeneous social class and people who belong there. The three upscale residential areas in and around Paris are called NAP (Neuilly, Auteuil, and Passy). Anaïs, born in Neuilly, happens to have lived in two of them.

On the other hand, it is interesting that quai de Passy, spread along the Seine, is on the *edge* of the Passy area. The edge of the center can be

[Août 1936]

Le quai de Passy est en bordure du quartier aristocratique ; j'habite près d'un pont qui m'emporte sur la rive gauche, vers Montparnasse où habite Rango, vers Denfert-Rochereau où habite Henry. Le métro nous fait franchir le fleuve dans les deux sens, que nous soyons pauvres, riches, à toute heure du jour.

Journal tome 2, p. 121

Après cinq années passées à Louveciennes, le couple Guiler retourne à Paris. Lorsqu'Anaïs écrit que c'est un « quartier aristocratique », ce n'est pas qu'une image. D'après le recueil d'essais de Dora Tauzin *Paris par arrondissement*, un bon nombre d'habitants du 16e arrondissement, où se trouve Passy, sont des descendants de familles aristocratiques ou des membres de la grande bourgeoisie. La classe sociale détermine le lieu de résidence : c'est là un phénomène global. En l'occurrence lorsque l'on marche dans ce quartier, l'existence d'une classe sociale homogène saute en effet aux yeux. Les trois quartiers huppés de l'ouest parisien sont regroupés sous l'appellation NAP (Neuilly, Auteuil, Passy). Anaïs, née à Neuilly, a vécu par hasard dans deux d'entre eux.

D'autre part, il est intéressant de noter que le quai de Passy, qui longe la Seine, se situe en *bordure* du quartier de Passy. Le bord du centre

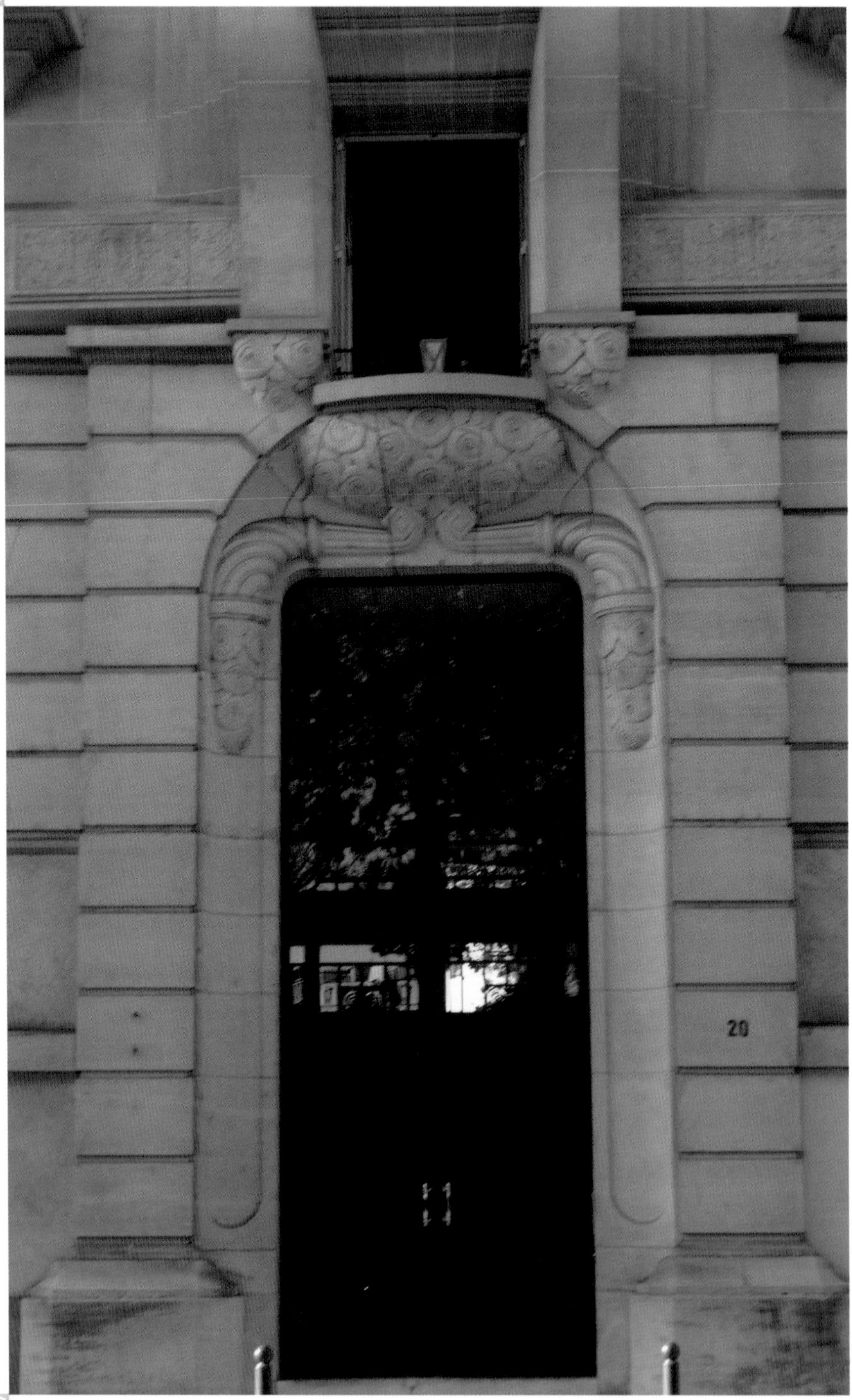
20

a line of flight from the center to the outside. Anaïs travelled from the posh residential district in the Right Bank, where she lived as the wife of a banker, to Henry and Gonzalo—an aspiring writer and an almost-nothing Peruvian man—walking on the Bridge of Passy (presently the Bridge of Bir-Hakeim) that overlooks the Seine and connects the two Banks. She shuttled between the genteel world where her husband dominated and the bohemian world where her lovers dwelled. In a way, it was a repetition of the Louveniennes days.

Quai de Passy is now called avenue du Président Kennedy.

Address: 20 avenue du Président-Kennedy 75016
Paris (formerly 30 quai de Passy)
Station: Métro 6, Passy

peut devenir une ligne de fuite menant du centre vers l'extérieur. Anaïs se rendait du quartier huppé de la Rive Droite, où elle vivait en tant qu'épouse de banquier, aux endroits où se trouvaient Henry et Gonzalo – un apprenti écrivain et un Péruvien qui n'était presque rien – en empruntant le pont de Passy (aujourd'hui pont de Bir-Hakeim), qui relie les rives droite et gauche de la Seine. Elle faisait la navette entre le monde raffiné où son mari dominait et le monde de Bohème où vivaient ses amants. En un sens, c'était une répétition des jours passés à Louveciennes.

Le quai de Passy porte aujourd'hui le nom d'avenue du Président-Kennedy.

Adresse : 20, avenue du Président-Kennedy 75016
Paris (ex : 30, quai de Passy)
Accès : métro ligne 6, Passy

1717   PARIS. — Pont de Passy

Pompidou Center

For the first time, on this bleak early morning walk through New York streets not yet cleaned of the night people's cigarette butts and empty liquor bottles, she understood Duchamp's painting of a "Nude Descending a Staircase." Eight or ten outlines of the same woman, like many multiple exposures of a woman's personality, neatly divided into many layers, walking down the stairs in unison.

A Spy in the House of Love, p. 107

The plurality/multi-layeredness and fluidity/mobility of personality or identity are problematics not only quite contemporary but definitely Anaïs Nin. Sometimes she is proud of having "a thousand faces" while she confesses Rank that she feels "like a shattered mirror." Both sameness and differences are a torture for her.

Duchamp's "Nude Descending a Staircase" and Isak Denesen's story "The Dreamers" are among the works of art that affirm such a fragmented self and become a source of inspiration. Anaïs writes about the latter in the *Diary* volume three: "After reading it, I felt as if my own wings were growing out again, as if I could soar again, and as if I could recover my power of magical transpositions and disguises." Art can be a magic wand for embracing a divided self and living an unlivable life—it is a truth

Centre Pompidou

Pour la première fois, dans le petit matin blême de New York, dans les rues encore souillées des mégots et des bouteilles d'alcool vides abandonnés par les gens de la nuit, Sabina comprit la signification de la toile de Marcel Duchamp qui représentait une femme nue descendant un escalier. Il y avait une dizaine de silhouettes de la même femme, comme une série de coupes successives du personnage, séparées et disposées les unes à côté des autres, descendant ensemble les marches.

Une espionne dans la maison de l'amour, p. 187

La pluralité / multiplicité et la fluidité / mobilité de la personnalité ou de l'identité sont des thèmes non seulement très contemporains, mais aussi très « Anaïs Nin ». Parfois elle se vante de posséder « mille visages », tandis qu'elle confesse à Rank qu'elle « se sent comme un miroir brisé ». Pour elle l'identité comme la différence sont toutes deux une torture.

Parmi les œuvres d'art qui affirment un moi aussi morcelé et deviennent source d'inspiration pour elle se trouvent par exemple *Nu descendant un escalier* de [Marcel] Duchamp, ou bien le récit d'Isak Dinesen « Les rêveurs ». Concernant ce dernier, voici ce qu'Anaïs écrit dans le tome trois de son *Journal* : « après l'avoir lu, j'ai senti comme si mes propres ailes se déployaient de nouveau, comme si je pouvais

Place Igor Stravinski seen from Pompidou Center.
Place Igor Stravinski vue du Centre Pompidou.

more universal than contemporary.

I saw this painting at the exhibition at Pompidou entitled "Marcel Duchamp: La Peinture, même" held between 2014 and 2015, but it is in the collection of the Philadelphia Museum of Art in the United States.

Address: place Georges Pompidou 75004 Paris
Station: Métro 11, Rambuteau; 1, 4, 7, 11, 14, Châtelet; 1, 11, Hôtel de Ville; RER A, B, D, Châtelet - Les Halles

planer de nouveau, et comme si je pouvais récupérer mon pouvoir de transpositions et de déguisements magiques. » L'art peut être une baguette magique permettant d'épouser un moi déchiré, et de mener une vie invivable : c'est là une vérité plus universelle que contemporaine.

J'ai vu ce tableau lors de l'exposition « Marcel Duchamp. La Peinture, même » qui s'est tenue au Centre Pompidou en 2014-2015, mais cette œuvre fait partie de la collection du Musée des Beaux-Arts de Philadelphie, aux États-Unis.

Adresse : place Georges Pompidou 75004 Paris
Accès : métro ligne 11, Rambuteau ; lignes 1, 4, 7, 11 et 14, Châtelet ; lignes 1 et 11, Hôtel de Ville ; RER A, B, D, Châtelet - Les Halles

Duchamp, *Nude Descending a Staircase, No.2* (1912)
Nu descendant un escalier, n°2

Studio 28

Studio 28

[April, 1941]

I talked with Isamu Noguchi, the sculptor, slender, stylized, with such delicate features. He invited me to his studio to see his works. Louis Bunuel was there, with his thyroid eyes, the moles on his chin which I remember from so long ago when we first saw the surrealist films in the Cinémathèque, in an attic room, cold but crowded[...]This was the first club of experimental films, separate from commercial movie houses.

The Diary of Anaïs Nin, vol. 3, p. 109

Studio 28, opened in 1928 with Cocteau as an interior designer, has been the mecca of experimental/avant-garde cinema on the hill of Montmartre. A scene of *Amelie* was filmed here. It also appears in Philip Kaufman's film *Henry and June*, which rekindled readers' interest in Anaïs Nin.

One of the first surrealist films that Anaïs saw was *Un Chien Andalou* (*An Andalusian Dog*, 1929), co-written by Buñuel and Dali and directed by Buñuel (We have a glimpse of Buñuel himself in the opening scene). In a *Diary* entry in February 1934, she writes: "nothing is mentioned or verbalized. A hand is lying in the street. The woman leans out of the window. The bicycle falls on the sidewalk.[...]The eyes are sliced by a razor. There is no dialogue. It is a silent movie of images, as in a dream."

[Avril 1941]

J'ai parlé avec Isamu Noguchi, le sculpteur, mince, stylisé, avec des traits si fins. Il m'a invitée à venir voir ses œuvres dans son atelier. Luis Buñuel aussi était là, avec ses yeux proéminents, ses verrues au menton dont je me souviens depuis le temps où nous avions vu les films surréalistes à la cinémathèque, dans un grenier, froid mais comble [...] C'était le premier club de films expérimentaux, distinct des salles commerciales.

Journal tome 3, p. 144

Le Studio 28, inauguré en 1928 avec une décoration intérieure de Cocteau, connu comme la Mecque du cinéma expérimental et d'avant-garde, est encore ouvert sur la colline de Montmartre. Il a été utilisé pour une séquence du film *Le Fabuleux Destin d'Amélie Poulain*, et il apparaît aussi dans le film *Henry et June* de Philip Kaufman, qui a ravivé l'intérêt des lecteurs pour Anaïs Nin.

Un des premiers films surréalistes qu'Anaïs ait vus est *Un Chien Andalou* (1929), réalisé par Buñuel sur un scénario de Buñuel et Dali (Buñuel lui-même fait une apparition dans la scène d'ouverture). En février 1934 elle note dans son *Journal* : « rien n'est explicité ou verbalisé. Une main repose dans la rue. La femme se penche hors de la fenêtre. La bicyclette

For Anaïs, who considered film as the most successful expression of surrealism, the impact of *Un Chien Andalou*—which delivers a hard blow to one's retinas, nerves, and brain with its cruel humor—must have been immense. *House of Incest,* her first work of fiction written two years after this *Diary* entry, could be regarded as a response from literature to cinema or "a surrealist film to read."

When another Bñuel-Dali film *L'Age d'Or,* (*The Golden Age*, 1930) was released, it caused a right-wing riot in the theater, which eventually led to the prohibition of the film. The legendary cinèmatéque Studio 28, however, looks more like a little old movie theater in town than a holy place of experimental film. With its location close to the Moulin Rouge and pre-history of having been a cabaret, it has not lost the aura of a movie theater as a "bad" place.

Address: 10 rue Tholozé 75018 Paris

Station: Métro 2, Blanche

tombe sur le trottoir. [...] Les yeux sont découpés par un rasoir. Il n'y a pas de dialogue. C'est un film d'images muet, comme dans un rêve. »

Pour Anaïs, qui considérait le cinéma comme l'expression la plus aboutie du surréalisme, l'impact causé par *Un Chien Andalou*, qui frappe sévèrement la rétine, les nerfs et le cerveau avec son humour cruel, a dû être immense. *La Maison de l'inceste*, sa première œuvre de fiction, écrite deux ans après ce passage du *Journal*, peut être vue comme une réponse de la littérature au cinéma, et aussi comme un « film surréaliste à lire ».

Lors de la sortie du film *L'Âge d'or* (1930), aussi du tandem Buñuel et Dali, des protestations menées par des mouvements d'extrême-droite dans le cinéma conduisent finalement à l'interdiction du film. Le légendaire Studio 28 ressemble pourtant plus à un ancien petit cinéma de quartier qu'à un lieu saint du cinéma expérimental. Se trouvant relativement près du Moulin Rouge, et ayant servi de cabaret dans une précédente vie, il n'a pas perdu cette atmosphère du cinéma comme lieu « mal famé ».

Adresse : 10, rue Tholozé 75018 Paris

Accès : métro ligne 2, Blanche

Footprint of Jean Marais, Cocteau's partner.
Empreinte de pied de Jean Marais, partenaire de Cocteau.

Shakespeare and Company

Shakespeare and Company

[Fall, 1954]

And there by the Seine was the bookshop, not the same, but similar to others I had known. An Utorillo house, not too steady on its foundations, small windows, wrinkled shutters. And there was George Whitman, undernourished, bearded, a saint among his books, lending them, housing penniless friends upstairs, not eager to sell, in the back of the store, in a small overcrowded room, with a desk, a small gas stove.

The Diary of Anaïs Nin, vol. 5, p. 202

Shakespeare and Company was an English language bookshop established by an American woman named Sylvia Beach, which first opened in 1919 on 8 rue Dupuytren, and moved later to 12 rue d'Odeon. It left its mark on the history of world literature through the publication of James Joyce's *Ulysses* (1922), a book banned in the English-speaking world. Beach mentions in her memoir that she did not expect to gain profits due to the suppressions across the seas (the Atlantic and the English Channel). The significance of the role this small bookshop played can never be exaggerated in the planetary framework of the English language literature.

Beach left the name of the legendary bookshop to George Whitman when she passed away in 1962, two decades after she had closed

[Automne 1954]

Et près de la Seine se trouvait la librairie, pas la même, mais semblable à d'autres que j'avais connues. Une maison à la Utrillo, mal assurée sur ses fondations, avec de petites fenêtres, des persiennes écaillées. Et il y avait George Whitman, famélique, barbu, un saint au milieu de ses livres, qui les prêtait, qui hébergeait, au premier, des amis sans le sou, pas pressé de vendre, dans l'arrière-boutique, dans une petite pièce encombrée, avec un bureau et un petit poêle à gaz.

Journal tome 5, p. 280

Shakespeare and Company était une librairie anglophone fondée en 1919 par une États-Unienne du nom de Sylvia Beach au 8 rue Dupuytren, le magasin ayant par la suite déménagé au 12 rue de l'Odéon. Elle a laissé son nom dans l'histoire de la littérature mondiale en publiant *Ulysse* de Joyce (1922), qui était alors frappé d'interdit dans le monde anglophone. Dans ses mémoires, Beach note qu'elle n'avait pas l'intention de faire des profits sur les interdictions existant de l'autre côté des mers (l'Océan Atlantique et la Manche). L'importance du rôle joué par cette petite librairie n'est pas du tout négligeable dans le cadre de l'histoire planétaire de la littérature anglophone.

Beach a légué le nom de cette librairie légen-

Aggie the cat was up all night reading... Please let her sleep!

the establishment on rue d'Odeon in 1941. According to the *Diary*, Whitman opened a bookshop by the Seine, originally named "Le Mistral," for he admired Anaïs' short story "Houseboat."

When I first visited the bookshop in the 1990s, the owner, in his eighties and in good shape, earnestly invited me to a Sunday tea party. I used to put out the photograph I took with him in my apartment, but I seem to have lost it in a move.

Whitman having passed away in 2011, his daughter Sylvia now carries on the business. Possibly thanks to, at least in part, Woody Allen's movie *Midnight in Paris*, Shakespeare and Company has become even more popular, and with a newly opened café, more comfortable and fashionable. I wonder if Anaïs, who loved its "not too steady" atmosphere, would miss the old times, or make her "enormous eyes" that frightened Artaud even more enormous, at the sight of tourists taking selfies in front of the shop.

Address: 37 rue de la Bûcherie 75005 Paris

Station: Métro 4, Saint-Michel

daire à George Whitman quand elle est décédée en 1962, vingt ans après la fermeture du magasin de la rue de l'Odéon en décembre 1941. D'après le *Journal* d'Anaïs, Whitman avait ouvert une librairie appelée d'abord *Le Mistral*, au bord de la Seine par admiration pour la nouvelle d'Anaïs « Houseboat ».

La première fois que je me suis rendue à la librairie, dans les années 1990, le libraire, en bonne forme malgré ses plus de 80 printemps, a insisté pour m'inviter à une *tea party* le dimanche suivant. J'avais affiché la photo prise avec lui dans mon appartement, mais j'ai dû la perdre lors d'un déménagement.

Whitman étant décédé en 2011, l'affaire a été reprise par sa fille Sylvia. Peut-être en partie grâce au film de Woody Allen *Minuit à Paris* (*Midnight in Paris*), *Shakespeare and Company* est devenue plus populaire, et avec un café nouvellement ouvert en annexe, plus confortable et tendance. Je me demande si Anaïs, qui en appréciait l'atmosphère « pas trop sérieuse », regretterait le bon vieux temps, ou bien si elle ouvrirait encore plus ses « yeux énormes » qui avaient effrayé Artaud, à la vue des grappes de touristes se prenant en photo devant le magasin.

Adresse : 37, rue de la Bûcherie 75005 Paris

Accès : métro ligne 4, Saint-Michel

Sylvia Beach

George Whitman

Sylvia Whitman

Obelisk Press

Obelisk Press

October 17, 1939

My beautiful *Winter of Artifice*, dressed in an ardent blue, somber, like the priests of Saturn in ancient Egypt, with the design of the obelisk on an Atlantean Sky, stifled by the war, and Kahane's death.

Nearer the Moon, p. 370

17 octobre 1939

Mon *Hiver d'artifice*, mon si beau livre, habillé de bleu intense, sombre, comme les prêtres de Saturne dans l'ancienne Égypte, orné du dessin d'un obélisque se découpant sur un ciel d'azur, asphyxié par la guerre et par la mort de Kahane.

Comme un arc-en-ciel, p. 470

In the early 1930s, Henry Miller, seeking a possibility to publish *Tropics of Cancer*, visited Shakespeare and Company, accompanied by "that lovely Japanese-looking friend of his, Miss Anaïs Nin," wrote Sylvia Beach in her memoir (According to William Wiser, Beach was much more interested in "the passionate diarist" than Miller). Beach introduced them to the Obelisk Press, which eventually published the book in 1934. Henry's *Tropic of Cancer, The Black Spring*, and *Tropic of Capricorn* are called the Obelisk trilogy, while Durrell's *The Black Book*, Henry's *Max and the White Phagocytes*, and Anaïs' *The Winter of Artifice* are called the Villa Seurat series. Soon after *Winter* was published as the last of the series, the owner Jack Kahane passed away and World War II erupted. Anaïs had to leave Paris in a hurry, sending her books to the Gotham Book Mart in New York. She republished *Winter* in New York in the forties, but the content had quite a few differences from the Paris edition. Nearly seventy years had passed before the

Au début des années 1930, cherchant une possibilité de publier *Tropique du Cancer*, Henry Miller rend visite à la librairie *Shakespeare and Company*, accompagné de « sa délicieuse amie à la physionomie semblable à celle d'une Japonaise, Mlle Anaïs Nin », comme l'écrit Sylvia Beach dans ses mémoires (D'après [l'écrivain états-unien] William Wiser, Beach était beaucoup plus intéressée par « l'autrice de journal intime passionnée » que par Miller). Beach les présente à Obelisk Press, qui publie finalement le livre en 1934. Les romans *Tropique du Cancer, Printemps noir* et *Tropique du Capricorne* de Henry sont appelés la trilogie Obelisk, tandis que *Le Carnet noir* de Durrell, *Max et les Phagocytes* d'Henry et *Un Hiver d'artifice* d'Anaïs forment la collection Villa Seurat. Juste après la publication d'*Un Hiver d'artifice*, dernier de la collection, l'éditeur Jack Kahane décède subitement et la Deuxième Guerre mondiale éclate. Anaïs doit quitter Paris en toute hâte, envoyant les livres

Mr. Colin Peter Field, head bartender at Bar Hemingway of the Hotel Ritz.
M. Colin Peter Field, barman en chef du Bar Hemingway de l'hôtel Ritz.

original Paris edition was published in the English-speaking world in 2007. Anaïs' first collection of novelettes had to follow the long and winding road of burial, but one can see from the quote that it was loved and mourned by the author.

It feels surprising that the Obelisk Press, "a booklegger" that dealt with banned books in the English-speaking countries, was located in place Vendôme, lined up with the Hotel Ritz and world-famous jewelry brands. I wonder if the soft-porn books that Kahane wrote under a pen name sold so well. The site is now occupied by the boutique of a Japanese fashion brand, Comme des Garçons.

Address: 16 place Vendôme 75001 Paris
Station: Métro 3, 4, 7, Opéra

qu'elle possédait à la librairie Gotham Book Mart à New York. Elle republie *Un Hiver d'artifice* à New York dans les années 1940, mais cette version contient un bon nombre de différences par rapport à celle publiée à Paris. Il faut attendre presque 70 ans pour que la version originale parisienne soit publiée dans le monde anglophone, en 2007. Ainsi, le premier recueil de nouvelles d'Anaïs a dû suivre la longue et sinueuse route menant à la disparition, mais l'on peut deviner d'après la citation ci-dessus qu'il était très apprécié de son autrice, et cette disparition déplorée.

Il est assez surprenant de constater qu'Obelisk Press, librairie pirate (*booklegger*) publiant des livres interdits dans le monde anglophone, se soit trouvée place Vendôme, entre l'hôtel Ritz et des bijoutiers mondialement célèbres. Serait-ce que les ouvrages érotiques écrits sous un pseudonyme par Kahane se soient si bien vendus ? Aujourd'hui se trouve à cet endroit une boutique de la marque de mode japonaise Comme des Garçons.

Adresse : 16, place Vendôme 75001 Paris
Accès : métro lignes 3, 4, 7, Opéra

Apartment at rue Cassini

Appartement rue Cassini

[September, 1939]

Foreigners were asked to leave, not to become a burden to France. My husband was ordered back to the United States. It was time to leave for New York. Alone I might have chosen to stay and share the war with France. I was not glad to escape tragedy. There was little time to weep, to say goodbye, no time for regrets, just time enough to pack.[...]

We all knew we were parting from a pattern of life we would never see again, from friends we might never see again.

I knew it was the end of our romantic life.

The Diary of Anaïs Nin, vol. 2, p. 349

Having arrived in Paris in December 1924, Anaïs Nin and Hugh Guiler lived in France for fifteen years. As Anaïs later related that the best part of her life was the days she spent on the houseboat, Paris continued to be romanticized by her. It was Gertrude Stein who wrote that writers have two countries: the one is where they belong, and the other is romantic, separate from themselves, "not real but it is really there." While Anaïs called herself "a girl without a country," it is without doubt that France was "the second country" for her. Even though she anticipated the end of her romantic life in leaving there, her life was filled with a series of romances after that, and she never stopped be-

[Septembre 1939]

Les étrangers étaient priés de partir, pour ne pas devenir une charge pour la France. Ordre de regagner les États-Unis. Il était temps de partir pour New York. Si j'avais eu le choix je serais peut-être restée pour partager la guerre avec la France. Je ne me réjouissais pas à l'idée d'échapper à la tragédie. Il n'y avait guère de temps pour pleurer, pour dire au revoir, pas une minute pour les regrets, juste le temps de faire ses bagages.[...]

Nous savions tous que nous quittions un style de vie que nous ne retrouverions jamais plus, des amis que peut-être nous ne reverrions jamais.

Je savais que c'était la fin de notre vie romantique.

Journal tome 2, p. 367

Arrivés en France en décembre 1924, Anaïs Nin et Hugh Guiler y ont donc vécu pendant quinze ans. Anaïs racontera plus tard que la meilleure partie de sa vie avait été les jours passés sur la péniche, montrant ainsi qu'elle avait continué à idéaliser Paris. C'est [l'écrivaine et féministe états-unienne] Gertrude Stein qui a écrit que les écrivains possèdent deux pays : celui auquel ils appartiennent, et l'autre romantique, séparé d'eux-mêmes, « pas réel mais qui existe réellement ». Bien qu'Anaïs

ing a lover.

The apartment house in which Anaïs spent her last days in Paris is on rue Cassini in the fourteenth arrondissement, embracing Montparnasse. On the outer wall of the building, constructed in the early twentieth century, there is a plaque indicating that Jean Moulin, a resistance leader during World War II, lived there.

La Closerie des Lilas, a café loved by artists since the late nineteenth century—Baudelaire, Appolinaire, Monet, and Picasso, among others—and called by Hemingway "one of the best cafés in Paris" (*A Movable Feast*) is within walking distance.

Address: 12 rue Cassini, 75014 Paris
Station: Métro 6, Saint-Jaques; RER B, Port-Royal

Nin se soit considérée comme « une femme sans pays », il est quasiment certain que la France ait été son « deuxième pays ». Même si elle avait anticipé la fin de sa vie romantique en quittant la France, la vie d'Anaïs a été par la suite aussi emplie de nombreuses histoires d'amour, et elle n'a jamais cessé d'être amoureuse.

L'appartement dans lequel Anaïs a passé ses derniers jours à Paris se trouve rue Cassini, dans le quartier du Montparnasse du 14e arrondissement. Sur le mur extérieur du bâtiment construit au début du XXe siècle, une plaque explique que Jean Moulin, un des chefs de la Résistance pendant la Deuxième Guerre mondiale, y a vécu.

La Closerie des Lilas, café apprécié dès la fin du XIXe siècle par des artistes tels Baudelaire, Apollinaire, Monet ou Picasso, et que Hemingway considérait comme « un des meilleurs cafés de Paris » (*Paris est une fête (A Moveable Feast)*), est à quelques minutes de marche.

Adresse : 12, rue Cassini, 75014 Paris
Accès : métro ligne 6, Saint-Jacques ;
RER B, Port-Royal

Coirier's Grand Hotel, Valescure (Fréjus)

There were no other guests in the hotel—the place seemed to be run expressly for us. The waiters gave us the most minute attention—our meals were brought to the room. Mosquito nettings were installed, the furniture was changed around, his own linen sheets with large initials were placed on the bed, his silver hair brushes on the dresser. [...]

At midnight I walked away from his room, down the very long corridor, under the arches, with the lamps watching, throwing my shadow on the carpets, passing mute doors in the empty hotel, the train of my silk dress caressing the floor, the mistral hooting.

As I opened the door of my room the window closed violently—there was the sound of broken glass. Doors, silent closed doors of empty rooms, arches like those of a convent, like opera settings, and the mistral blowing...

The white mosquito netting over my bed hung like an ancient bridal canopy...

The mystical bride of my father.

"Lilith," *The Winter of Artifice* (the Paris edition),

p. 135; p. 148

In June 1933, Anaïs Nin spent nine days with her father at The Grand Hotel in Valescure, near Nice. It was exactly twenty years after her father left the family at Arcachon, where

Grand Hôtel Coirier, Valescure (Fréjus)

Il n'y avait aucun autre client dans l'hôtel : l'endroit semblait tourner spécialement pour nous. Les serveurs nous apportèrent la plus grande attention : nos repas nous furent montés dans notre chambre. Des moustiquaires furent installées, la disposition des meubles modifiée, ses propres draps en lin avec de grandes initiales placés sur le lit, ses brosses à cheveux en argent disposées sur la coiffeuse.[...]

À minuit, je quittai sa chambre, descendant le très long corridor, sous les arches, les lampes me regardant, projetant mon ombre sur les tapis, passant devant des portes muettes dans l'hôtel désert, la traîne de ma robe de soie caressant le sol, le mistral mugissant.

Lorsque j'ouvris la porte de ma chambre, la fenêtre se referma brusquement : il y eut un bruit de verre cassé. Des portes, portes closes et silencieuses sur des chambres vides, des arches comme celles d'un couvent, comme des décors d'opéra, et le mistral qui souffle...

La moustiquaire blanche au-dessus de mon lit pendait comme un antique dais nuptial...

La fiancée mystique de mon père.

« Lilith », *Un hiver d'artifice* (édition de Paris)

En juin 1933, Anaïs Nin passe neuf jours avec son père au Grand Hôtel de Valescure,

This photo was taken by Simon Dubois Boucheraud.
Cette photo a été prise par Simon Dubois Boucheraud.

Coirier's Grand Hotel. Valescure. Saint-Raphaël (Var).

LE RESTAURANT

These two postcards belong to Simon Dubois Boucheraud.
Ces deux cartes postales appartiennent à Simon Dubois Boucheraud.

his daughter was recuperating from illness. Anaïs' life-story resembles, to a certain extent, the ancient Greek legend of Pericles, later adapted into a play by Shakespeare. In it a father and a daughter reunite as two adults after twenty years of separation, and evade an incestuous relationship by the recognition of their kinship—except that Anaïs trod where the fictional characters fear to tread. Anaïs told her version of the story in the *Diary* and the novelette. Erica Jong calls it "the story never told before," while an article in *The Guardian* questions the decision to publish the second volume of the unexpurgated diary, *Incest*. Anaïs told Rank during their analytical session that she and her father "were punished for trying to materialize a myth." Does she have to suffer punishment in the 21st century, both as person and author, for telling how she survived the childhood trauma and was reborn, by producing and performing a play in which love and revenge were realized at once?

According to someone familiar with Valescure, the mistral doesn't blow in the region; it blows and stops purely for an artistic and dramatic effect in Anaïs' narrative. The hotel is now converted into a luxurious apartment building.

Address: 2650 avenue Henri Giraud 83600 Fréjus
Station: SNCF, Saint-Raphaël-Valescure

près de Nice. C'était exactement vingt ans après que son père ait subitement quitté Arcachon où la famille séjournait en attendant le rétablissement de leur fille. L'histoire de la vie d'Anaïs ressemble par certains aspects à la légende grecque antique de Périclès, adaptée plus tard en pièce de théâtre par Shakespeare. Dans celle-ci, un père et sa fille se retrouvent, tous deux adultes, après vingt ans de séparation et évitent une relation incestueuse par la reconnaissance de leur lien de parenté. Seulement Anaïs s'est engagée là où les personnages de fiction ont craint de le faire. Elle a raconté sa propre version de cette histoire dans son *Journal* et dans la courte nouvelle « Lilith ». Erica Jong l'appelle « le récit qui n'avait jamais été raconté », tandis qu'un article de *The Guardian* émet des réserves quant à la décision qui a été prise de publier la version non expurgée du tome deux du *Journal*, « Inceste ». Anaïs a expliqué à Rank, lors d'une séance de psychanalyse, que son père et elle « avaient été punis pour avoir voulu concrétiser un mythe. » Doit-elle être punie au XXIᵉ siècle, en tant que personne et qu'autrice, pour avoir raconté comment elle a survécu au traumatisme de son enfance et s'est fait renaître elle-même, pour avoir mis en scène et interprété une pièce de théâtre où amour et vengeance sont réalisés en même temps ?

Selon quelqu'un connaissant bien Valescure, le mistral n'y souffle pas : dans le récit d'Anaïs, il souffle, et tombe, uniquement pour donner un effet artistique et dramatique. L'hôtel est aujourd'hui transformé en une résidence de luxe.

Adresse : 2650, avenue Henri Giraud 83600 Fréjus
Accès : gare SNCF de Saint-Raphaël-Valescure

traduit de l'Anglais par Brendan Le Roux

Anaïs Nin's Paris Revisited: The English - French Bilingual Edition
Le Paris d'Anaïs Nin revisité : édition bilingue anglais-français

About the author

Yuko Yaguchi is Professor of English and Gender Studies at Niigata University of International and Information Studies. She is the author of *Anais Nin's Paris and New York: Traveling, Loving, Writing* (in a Jpanese) and the translator of *The Diary of Anais Nin* and *The Winter of Artifice* (the Paris edition).

Yuko Yaguchi est Professeure d'anglais et d'études de genre à l'Université des Études Internationales et d'Information de Niigata. Elle a publié *Anais Nin's Paris and New York: Travelling, Loving, Writing* (en japonais), ainsi qu'une traduction en japonais du *Journal d'Anaïs Nin* et de *Un hiver d'artifice* (édition de Paris).

About the translator

Brendan Le Roux is Associate Professor in the Faculty of Foreign Languages at Teikyō University. His work focuses on the history of Catholic missionaries in Japan and the movements of Japanese migrant workers at the turn of the 19th and 20th Centuries.
In this book, he translated Yuko Yaguchi's essays and the quote from Anaïs Nin's work, *The Winter of Artifice* (the Paris edition), which is not translated into French.

Brendan Le Roux est Professeur Associé au sein de la Faculté des Langues Étrangères de l'Université Teikyō. Ses travaux portent principalement sur l'histoire des missionnaires catholiques au Japon et des mouvements de travailleurs migrants japonais au tournant des XIXe et XXe siècles.
Pour cet ouvrage, il a traduit l'essai de Yuko Yaguchi ainsi que les citations tirées de l'ouvrage d'Anaïs Nin *Un hiver d'artifice* (édition de Paris), précédemment non traduit en français.